Ye

18855

Rêveries

D'UN CONVALESCENT.

Nota. Des exemplaires sont déposés à la mairie du dixième arrondissement, rue de Verneuil, n. 13, faubourg Saint-Germain.

IMPRIMERIE DE MOQUET ET COMP.,
rue de la Harpe, n° 90.

RÊVERIES

D'UN

CONVALESCENT.

PAR

Colombat de l'Isère.

. . . . Des vers !
Qui n'en fait pas? . . . .
GRESSET. *Le Méchant*, acte 2, scène 3.

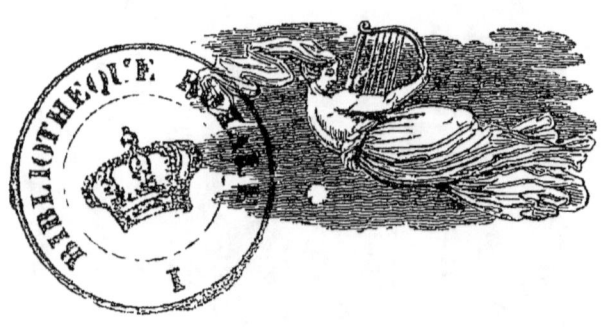

| MANSUT FILS, rue de l'É-cole de Médecine, n. 4. | **Paris.** | PAULIN, Libraire, place de la Bourse. |
| BARBA, Libraire, Palais-Royal. | **1833.** | Et à la mairie du dixième arrondissement. |

À MON PARENT

À

M. de Pongerville,

MEMBRE DE L'INSTITUT (ACADÉMIE FRANÇAISE), ETC. ETC.

Le nom du célèbre interprète de **LUCRÈCE** *et
d'*OVIDE, *placé à la tête de ce recueil de poésies est
pour moi un grand appui, et serait même pour un
poète du premier mérite une faveur précieuse et un
gage de succès.*

*En vous priant d'agréer l'hommage de ce Re-
cueil, je ne fais que vous offrir le témoignage public de mon admiration, et de mon sincère attachement.*

COLOMBAT DE L'ISÈRE.

AVIS PRÉLIMINAIRE.

C'est surtout dans le but d'être utile et pour céder à la sollicitation de plusieurs personnes, peut-être trop prévenues en ma faveur, que je me suis déterminé à offrir au public, ce mélange de poésies.

Lorsque mes lecteurs sauront que ce recueil, qui est le fruit des rêveries et le délassement d'un convalescent, se vend au profit des orphelins par suite du choléra, j'espère qu'ils voudront bien me pardonner, non la prétention d'avoir voulu être poète, mais d'avoir, pour la première fois de ma vie, essayé de déposer quelques fleurs, sur l'autel des muses.

Une longue et douloureuse maladie m'ayant forcé de laisser pendant plusieurs mois mes occupations ordinaires, et ne m'ayant pas également permis d'écrire sur des sujets graves et sérieux qui sont du ressort de ma noble profession, j'ai cru que dans ma retraite à la campagne rien, mieux que la poésie, ne me rendrait plus supportable l'inaction forcée à laquelle je n'ai été que trop long-temps condamné.

Je me plais à croire qu'en faveur des circonstances que je viens d'exposer, et surtout en faveur du but qui m'a dirigé en publiant cet opuscule, le public jugera avec bienveillance mes intentions, et que dans l'intérêt des orphelins, les *Rêveries d'un convalescent*, recevront un accueil favorable. Si j'ai le bonheur de plaire en me rendant utile, je croirai avoir justifié le précepte d'Horace, si usité et si souvent mal employé :

Omne tulit punctum qui miscuit utile dulci.

Enfin je ne chercherai pas à justifier ma versification, soit parce que, ainsi que l'a dit *Champfort*: « Une fausse modestie est le plus décent de « tous les mensonges. » Soit aussi parce que je n'ai pas eu le temps de suivre le précepte de *Boileau* :

« Vingt fois sur le métier remettez votre ouvrage ;
Polissez-le sans cesse et le repolissez.

Il ne me reste plus qu'à finir ; car une préface est toujours trop longue et ennuyeuse.

Il est donc des remords, ô fureur ! ô justice !
Mes forfaits dans mon cœur ont donc mis mon supplice !

VOLTAIRE,
Mahomet, acte V, scène IV.

MINUIT

OU

LES REMORDS,

DRAME

EN TROIS ACTES ET EN VERS.

PERSONNAGES.

ALBERT, comte de Waldorf, seigneur norvégien.

ELVIRE, son épouse, Espagnole, et veuve du marquis Léonel.

CARLOS, fils d'Elvire et du marquis Léonel grand d'Espagne.

GEORGINA de Waldorf, sœur du comte Albert.

L'amiral D'ALMANDAS, père du seigneur Léonel, et aïeul de Carlos.

PÉTERMANN, domestique.

FRÉDÉRIC, valet de chambre.

HERNAND, piqueur du comte Albert.

La scène se passe en Norwége, dans le château de Warldof.

MINUIT

ou

LES REMORDS.

ACTE PREMIER.

Le théâtre réprésente un vieux château féodal de la Norwége; il doit être peu éclairé par des fenêtres en ogives, et avoir une porte au milieu, et l'autre à gauche; une harpe sera à la droite du théâtre; une pendule gothique marquera six heures, et tout l'ameublement de la salle devra être du moyen-âge.

SCÈNE PREMIÈRE.

ELVIRE, PÉTERMANN.

ELVIRE seule.

(Elle pince de la harpe, et ses derniers accords se perdent dans le lointain.)

Le son triste et plaintif de ma harpe sonore
Sous ma tremblante main aujourd'hui vibre encore;

Mais il s'évanouit et va mourir dans l'air,

Plus vite que les feux que sillonne un éclair !

. . . .

La goutte d'eau, tombant sur un étang tranquille,

En ridant son cristal, forme un cercle mobile,

Qui renaît, s'agrandit, mais disparaît d'abord

Quand l'anneau qu'il dessine a rencontré le bord !...

Je ne puis donc, comme eux, mourir et disparaître !...

Mes chagrins doivent donc toujours croître et renaître!

Ah ! comment supporter l'excès de ma douleur,

Sans oser entrevoir un avenir meilleur !...

(Après un moment de silence.)

Loin de mon beau pays par l'amour enchaînée,

Dois-je suivre long-temps ma triste destinée !

Je suis donc bien coupable... et Dieu, pour me punir,

Dans ce triste séjour veut me laisser mourir.

Elle appuie sa tête sur sa harpe et reste quelques instants
pensive..... Une corde se casse; Elvire, effrayée, se
lève brusquement, et par son mouvement vif, renverse
sa harpe, qui tombe avec fracas.

Ah!... je tremble... mon Dieu... cette corde fatale...

...Ce bruit me paraît être une voix sépulcrale,

Un arrêt de l'enfer à moi-même adressé...

A peine je respire,... et mon sang est glacé...

(Regardant autour d'elle.)

Pendant mes chants plaintifs, la nuit aux voiles sombres,

Dans cette solitude a répandu ses ombres...

...Tout m'effraie aujourd'hui... Peut-être en ce moment

Cette corde brisée est un pressentiment

Qui m'annonce une mort... Ce sinistre présage

Me rappelle qu'un son de la vie est l'image.

Grand Dieu!... si mon époux... Ah! je frisonne encor,

...Je n'ai pas entendu les sons lointains du cor.

(Elle sonne vivement à deux reprises ; un domestique entre.)

ELVIRE, s'adressant à lui.

La chasse, Pétermann, est-elle revenue ?

PÉTERMANN.

Non, Madame... déjà vous seriez prévenue

ELVIRE, vivement.

A cheval à l'instant, hâtez-vous de partir ;

Quand vous l'aurez trouvée, accourez m'avertir.

(Pétermann sort.)

SCÈNE II.

ELVIRE, GEORGINA.

ELVIRE, seule, après un moment de silence.

Quand on est criminelle!...

(Elle pousse un profond soupir.)

GEORGINA, entrant avec deux domestiques qui portent des flambeaux; s'adresse à Elvire avec émotion.

Ah! veuillez donc me dire,

Que vous arrive-t-il?... et qu'avez-vous, Elvire?...

ELVIRE, toujours troublée.

Rien,... ma sœur... J'étais seule... un noir pressentiment..
...Albert ne rentre pas.

GEORGINA, s'adressant aux domestiques.

Allumez promptement!

(Les domestiques, après avoir allumé les candélabres, sortent.)

GEORGINA à la comtesse.

Mais vous avez sonné très-fort... à deux reprises,

Avec quelque fantôme étiez-vous donc aux prises?...

Votre harpe à vos pieds... l'effroi peint dans vos yeux...

Peut-être vous rêviez... Un cauchemar affreux !...

ELVIRE , l'interrompant.

D'une femme craintive, ah! plaignez la faiblesse...

Un lugubre présage en ce moment m'oppresse...

Je crains que mon époux...

GEORGINA , plus rassurée, et prenant le ton de la plaisanterie.

C'est donc la seule fois

Qu'il sort avec ses gens pour chasser dans les bois ?

Il reviendra bientôt... Peut-être qu'en Espagne

On ne chasse jamais.

ELVIRE , soupirant.

Mais , ma sœur, la campagne

Dans nos rians climats est un jardin charmant

Qu'un vent toujours léger caresse doucement.

Là... le chevreuil paisible et la biche timide

N'ont pas peur en hiver que la neige perfide

Ne décèle au chasseur, qui les guette et les suit ,

Le bosquet d'oliviers qui leur sert de réduit ;...

De la hiène et du loup les piqueurs téméraires

Chez nous ne trouvent pas de sauvages repaires.

La chasse est un plaisir, et non pas un combat ;

On approche sans peur l'animal qu'on abat.

. . . .

Mais dans vos noirs sapins, la neige amoncelée

Engloutit les chasseurs qui la croyaient gelée ;

Et souvent l'avalanche entr'ouvre sous leurs pas

Un abîme profond qu'ils n'y soupçonnaient pas.

. . . .

Ah! pour mon cher Albert ai-je donc tort de craindre

Répondez, Georgina ; car je suis bien à plaindre.

GEORGINA.

Nos chasseurs exercés évitent le danger,

D'invisibles esprits viennent les protéger ;

Les incrédules seuls, doutant de leur puissance,

Ne reçoivent pas d'eux l'opportune assistance.

(Elvire frissonne.)

GEORGINA continuant.

Vous frissonnez encor, qu'avez-vous donc, ma sœur ?

Mais, vous trouvez-vous mal ? vous changez de couleur?

ELVIRE.

Georgina,... dussiez-vous rire de ma faiblesse,

Je vais vous raconter la peine qui m'oppresse,

Et vous parlant toujours avec sincérité,

Ma bouche vous dira toute la vérité...

(Après quelque temps de silence.)

Je rêvais... seule... assise au milieu des ténèbres;

Tout à mes yeux s'offrait sous des couleurs funèbres;

...Ma harpe avait cessé ses langoureux accords,

Quand, écoutant des vents les sifflemens discords,

Une corde avec bruit tout à coup s'est brisée,

...Alors, dans ma frayeur, que rien n'eût maîtrisée,

Il me semblait entendre, à ce son déchirant,

Un cri de mon époux à la chasse expirant...

GEORGINA.

Rassurez-vous, ma sœur, les esprits diaboliques

Révèlent autrement leurs ordres fantastiques...

Dans nos pays glacés, c'est sur un ton moins doux,

Qu'un arrêt de l'enfer se fait connaître à nous!

ELVIRE

Je doute, Georgina...

GEORGINA , prenant le ton de la plaisanterie.

Si vous ne voulez croire,

La vieille bohémienne, en lisant son grimoire,

Comme à moi vous dira par quels moyens ici

L'esprit malin s'annonce; écoutez... les voici

Pour conjurer l'enfer, d'exécrables sorcières

Font bouillir tout vivans dans de grandes chaudières

Des scorpions, des lézards et des serpens affreux ,

Apportés dans le nord par des vautours hideux ;

Alors... pendant la nuit , dont le funèbre voile

N'est pas même éclairé par une seule étoile,

Les vents entrechoqués soufflent avec fureur,

La charpente qui craque augmente la terreur :

Et le feu des éclairs et le bruit du tonnerre

Se confondant alors épouvantent la terre.

Au vacarme infernal de cette horrible nuit,

Après un cri d'effroi, la cicogne s'enfuit ,

Et des hiboux nichés dans le tronc des vieux hêtres,

Brisent avec fracas les vitres des fenêtres ;

Échappé de l'enfer, un énorme chat noir,

Étincelant de feu, sur l'âtre va s'asseoir ;

Près de lui, des aspics, comme d'un affreux gouffre,

Exhalent de leur gorge, une vapeur de souffre !

...Enfin... les cris discords de nocturnes oiseaux,

Complètent ce sabbat des esprits infernaux,

Dont plusieurs bataillons, d'une couleur rougeâtre,

Dansent en ricanant dans la flamme bleuâtre.

. . . .

Ne craignez rien, ma sœur, tant que le dragon vert

N'aura pas par cinq fois crié le nom d'Albert !

ELVIRE.

Votre gaîté... pourrait dissiper ma tristesse ;

Mais un noir souvenir me tourmente et m'oppresse ;

GEORGINA.

Pourquoi vous attrister !... de grâce dites moi

Ce qui peut aujourd'hui vous causer tant d'effroi ?

ELVIRE.

L'ombre qui me poursuit me demande des larmes,

Pour moi... toujours la chasse est un sujet d'alarmes,

Car mon premier époux, le marquis Léonel,

Y fut par son fusil, frappé d'un plomb mortel.

GEORGINA vivement.

Grand Dieu! qu'apprends-je là! que venez-vous de dire?

Parlez... racontez-moi,... j'ignore tout, Elvire!

ELVIRE.

En poursuivant un cerf; son cheval s'abattit,

Dirigé sur son cœur, le coup traître partit.

Depuis lors... Albert fuit tout ce qui lui rappelle

De son meilleur ami, la fin triste et cruelle.

GEORGINA.

Connaissiez vous Albert quand le marquis vivait?

Recevait-il souvent l'ami qu'il chérissait?

ELVIRE avec embarras.

Oui... Non... je le voyais; je ne sais... ma mémoire....

GEORGINA.

Mais que me dites-vous... lequel dois-je donc croire?

Vous vous troublez encore, ouvrez moi votre cœur,

Elvire épanchez-vous dans le sein d'une sœur.

ELVIRE, n'osant lever les yeux.

Ma chère Georgina, toi dont l'ame est si pure,

Tu vas me condamner... Indigne créature,

J'ose encore en ce jour, au nom de l'amitié,

Implorer d'une sœur l'indulgente pitié.

Albert!..oui je l'aimais,... et quoique pour la vie

Au marquis Léonel je fusse alors unie,

GEORGINA, s'éloignant d'elle et prenant le ton du blâme.

Dieu te fait expier ton crime et ton bonheur

Par les remords cuisans qui déchirent ton cœur.

ELVIRE, après un silence.

Je tremble depuis lors, tout m'effraye et m'irrite,

Je suis comme un roseau qu'un vent du soir agite.

Sur ma tête coupable, un glaive est suspendu,

Prêt à percer un cœur que l'amour à perdu.

GEORGINA.

Ta sœur ne sera pas pour toi sans indulgence,

Et Dieu dans sa justice usera de clémence.

Des airs de chasse se font entendre dans le lointain (elle écoute).

Mais je crois distinguer les fanfares du cor...

J'entends la voix des chiens, ils sont bien loin encor...

ELVIRE , s'approchant de la fenêtre.

Je les crois dans le parc, voyons à la fenêtre ;

Le comte mon époux les dévance peut-être.

Je vole dans ses bras... mes pleurs sont superflus,

Ah ! combien j'ai souffert quand je n'espérais plus.

SCÈNE III.

LES PRÉCÉDENTES, **FRÉDÉRIC, CARLOS,** en habit de

chasseur.

CARLOS , après avoir embrassé sa mère.

Me voilà de retour, j'ai devancé la chasse ;

Car je trouve bien longs les instans que j'y passe.

Je n'ai jamais aimé ce féroce plaisir,

Aussi... me voyez-vous le premier revenir.

GEORGINA.

Vous auriez dû, Carlos , attendre votre père...

CARLOS , vivement, et comme contrarié.

Mon père est mort... le comte est l'époux de ma mère !

FRÉDÉRIC entre, et s'adresse à la comtesse.

Madame, à l'instant même arrive un grand seigneur,

Qui désire vous voir, ainsi que Monseigneur...

ELVIRE.

Son nom?

FRÉDÉRIC , cherchant à se rappeler.

Don... don... Al... Al..., mais le consul d'Espagne

Sans doute le connaît : c'est lui qui l'accompagne.

ELVIRE.

Qu'importe ; allez lui dire , et quels que soient ses noms,

Que le comte est sorti, mais que nous l'attendons.

Dans son appartement conduisez-le de suite ;

Qu'il soit très-bien traité, qu'on ait soin de sa suite.

(Frédéric sort.)

CARLOS , à sa mère.

Puisqu'il est Espagnol , peut-il m'être permis

D'aller le saluer?...

ELVIRE.

Vous le pouvez, mon fils...

2

D'un noble Castillan, parlez-lui le langage.

(Carlos sort).

GEORGINA.

Que son séjour ici soit d'un heureux présage !

SCÈNE IV.

Les PRÉCÉDENS, PÉTERMANN.

PÉTERMANN.

Madame... me voici... je viens vous prévenir

Que les chasseurs enfin ont pu se réunir,

Mais que Monseigneur seul n'a pas rejoint la chasse....

On ne l'a pas revu... Que faut-il que l'on fasse?

GEORGINA.

Pour battre la forêt, allumez des flambeaux ;

Qu'on sonne le rappel, qu'on selle les chevaux.

ELVIRE, vivement.

Préparez ma jument; je veux, par ma présence,

De nos gens ranimer le zèle et l'assistance.

Emmenez tous les chiens... parcourez tous les bois ;

Que les cors des chasseurs sonnent tous à la fois.

PÉTERMANN.

Cela suffit, Madame.

(Il sort.)

ELVIRE.

Ah ! si j'allais apprendre...

Au lieu du rendez-vous hâtons-nous de descendre.

On entend le son plus rapproché du cor.

Oh ciel ! qu'entends-je ?... un cor ?...

GEORGINA.

C'est un son soutenu...

On vous annonce ainsi qu'Albert est revenu....

Pour le revoir plus tôt , allez sur la terrasse ;

C'est là qu'il vient d'abord au retour de la chasse.

Elvire va pour sortir , et rencontre le piqueur du comte.

SCÈNE V.

Les PRÉCÉDENTES , HERNAND, couvert de sang et de boue,
en habit de piqueur et un cor de chasse en bandouillère , s'adressant à la comtesse.

Madame , Monseigneur est enfin de retour ;
Nous arrivons ensemble , il entre dans la cour...

(Il montre ses habits.)

Mais tout couvert de sang, dans cet état horrible ,
De se montrer à vous c'était bien impossible.

ELVIRE , effrayée.

Le comte est donc blessé ?...

HERNAND.

Non, non... rassurez-vous.

Le sang d'un sanglier, tué ce soir par nous ,
A taché Monseigneur... Il fallait du courage !...
Aussi... de mon couteau j'ai fait un bel usage...
Si je vous racontais... Je crois encore le voir !...

ELVIRE.

Quoi donc ?

HERNAND.

La nuit tombait, et le ciel était noir...

Un affreux sanglier dont nous suivions la trace

Se lève devant nous, vers la fin de la chasse.

Notre maître imprudent,... à la garde de Dieu,

Sans dague et sans fusil, n'ayant que son épieu,

S'élance dans les bois... à lui je me rallie...

Tayo!... tayo!... les chiens!... aussitôt il me crie.

Les trois plus grands limiers, comme de vrais lions

Attaquent l'animal qu'alors nous poursuivions :

L'un le prend à la gorge, un second à la hure,

Et le troisième au flanc lui fait une blessure ;

Celui-ci se défend, les terrasse à la fois,

Et sanglans dans la neige, ils les roule tous trois.

Monseigneur veut frapper le monstre qui s'accule,

Mais son cheval prend peur, fait des bonds et recule.

Alors, sautant à terre, il va saisir d'abord

L'animal furieux qui résiste et le mord.

Mon maître à peine atteint, car le ciel le protége,

Le presse de ses bras, le roule dans la neige.

J'arrive à son secours, et sans aucun retard,

Par trois fois dans son cœur j'enfonçai mon poignard.

Enfin, malgré ses cris, ses efforts et sa rage,

Nous l'avons terrassé... grâce à notre courage !

On l'apporte en traîneau...

ELVIRE.

Quel horrible plaisir !...

HERNAND.

A Madame, ce soir, les piqueurs vont l'offrir.

(Il sort.)

SCÈNE VI.

ELVIRE, GEORGINA.

Elvire, saisie du récit qu'elle vient d'entendre, reste appuyée sur un fauteuil.

GEORGINA.

Qu'est-ce donc ? qu'avez-vous ?.. Êtes-vous mal, Elvire?

ELVIRE.

Je me trouve agitée... à peine je respire...

Cet horrible récit... Il me semble le voir

Avec le sanglier être aux prises ce soir !

GEORGINA.

Ce récit n'est pas vrai... n'y pensez plus, ma chère :

Le comte est de retour... son piqueur exagère !...

ELVIRE, soupire et tombe dans la rêverie.

Oui..., c'est lui... je le vois... ce tigre furieux...

GEORGINA.

Qui donc ?...

ELVIRE.

C'est mon époux...

GEORGINA.

Je crois qu'un rêve affreux

La trouble ?...

ELVIRE.

Moi !... c'est vrai... mais comme une insensée

Constamment j'ai présent ce rêve à ma pensée...

GEORGINA.

Lequel ?... racontez-moi...

ELVIRE.

C'est la première nuit

De notre mariage... Albert... il me poursuit...

GEORGINA.

C'est une illusion !

ELVIRE.

Ah ! quel songe effroyable !

Il me semblait alors qu'un tigre épouvantable

Tenait fixés sur moi ses yeux étincelans,

Et que je caressais ses membres tout sanglans...

Elle s'arrête, épuisée par la violence de ses émotions.

GEORGINA.

Vains fantômes... bien loin de la réalité !

ELVIRE.

Je ne les vois que trop... près de la vérité !

Dis-le toi-même : Albert est-il toujours aimable ?

N'est-il pas plus farouche et souvent indomptable ?

Il devient tous les jours plus triste et plus rêveur,

Et souvent son regard me saisit de terreur !

D'autres fois, dans ses bras, il me presse et frissonne,

Et mêle de soupirs les baisers qu'il me donne.

L'instant qui suit l'amour le plus délicieux

Se change quelquefois en transports furieux,

Et je fuis mon époux, agitée et tremblante

Comme du tigre on fuit la dent toujours sanglante...

GEORGINA.

Elvire, calmez-vous !

ELVIRE.

Malgré mon désespoir,

Je ne puis exister sans l'aimer et le voir.

(Elle sort.)

GEORGINA, la suivant des yeux.

Ah ! pourquoi donc mon frère, en quittant sa patrie,

A-t-il porté ses pas vers cette Andalousie

Où le plus tendre amour devient une fureur,

Un feu toujours brûlant qui consume le cœur !

FIN DU PREMIER ACTE. —— LA TOILE TOMBE

ACTE SECOND.

La scène est dans la chambre du comte Albert, qui est richement habillé et étendu sur un sofa.

SCÈNE I.

ALBERT seul; il se perd dans la rêverie et parle à demi-voix.

Il me semble l'entendre... on dirait qu'il soupire...

Il me montre sa plaie... il me demande Elvire...

Oui! c'est toi... Léonel!... ton ombre me poursuit...

Ici... dans la forêt... partout elle me suit...

Il pousse un profond soupir.

Quel jour affreux pour moi!... quel triste anniversaire !

Ton sang, tes cris, ta mort, ton convoi funéraire,

Me sont toujours présens... ils semblent me crier :

« Son vengeur en ces lieux bientôt doit arriver... »

Après un moment de silence, il se perd encore dans la rêverie.

SCÈNE II.

ALBERT, GEORGINA.

GEORGINA.

Albert, te voilà donc plongé dans la tristesse ?

Mon frère, es-tu chagrin ?... Tu soupires sans cesse...

Tu sembles fatigué... Qui peut t'abattre ainsi ?

ALBERT, parlant avec lenteur.

J'ai chassé tout le jour... je me repose... ici...

Je me trouve agité... mais je ne puis te dire...

(Il regarde autour de lui.)

Ta sœur ne vient donc pas ? qu'est devenue Elvire...

Naguère quand les cors annonçaient mon retour,

Pour me voir revenir elle allait sur la tour,

Et lorsque je rentrais, elle accourait joyeuse ;

Ah ! que cette entrevue était délicieuse !...

GEORGINA.

Ce soir, lorsqu'elle a su que tu ne rentrais pas,

J'ai cru qu'avait sonné l'heure de son trépas :

Son cœur était en proie aux plus vives alarmes ;

Son sang était glacé , ses yeux étaient sans larmes ,

Et ses genoux tremblans ne la soutenaient plùs...

ALBERT.

Arrête...; ces détails sont déjà superflus.

Je connais bien son cœur, je dois aller près d'elle :

Un tendre sentiment en cet instant m'appelle.

GEORGINA.

Laisse-la se remettre... et raconte à ta sœur

Ce qui te rend souvent si triste et si rêveur?

D'un amour mutuel, dans vos regards avides ,

Les feux brûlent toujours... et des liens solides

Serrent votre union et les nœuds éternels

Que vous avez formés aux pieds des saints autels.

ALBERT , avec force.

Le ciel les a maudits !

GEORGINA.

A Georgina qui t'aime

Révèle ta douleur...

ALBERT.

Je l'ignore moi-même.

Le nord et le midi n'auraient pas dû s'unir,

Leurs pôles opposés n'ont pu se réunir!...

Dans nos climats glacés, je me crois en Espagne,

Où l'ombre d'un ami sans cesse m'accompagne ;

Et souvent, en plein jour, je suis saisi d'effroi ;

Un spectre décharné s'arrête devant moi ;

Et comme un nautonnier que surprend la tempête ,

J'entends toujours la foudre éclater sur ma tête.

Je recèle en mon sein mille chagrins amers ,

Le crime et la vertu, (avec force,) le ciel et les enfers.

Enfin il me semble être un infernal problème

Que mon trépas peut seul expliquer à moi-même.

GEORGINA.

Calme-toi donc, Albert!... ce sont des visions ;

Ton esprit est frappé par des illusions.

Pourquoi ce noir chagrin, ces soupirs , ce délire ?

Reviens à toi pour nous , et surtout pour Elvire...

Elle est sans doute mieux... Je veux aller la voir...

Mais je lui cacherai ton cruel désespoir.

(Elle sort.)

SCÈNE III.

ALBERT, seul.

Créature céleste!... ah! c'est vraiment un ange...

Son ame est sans remords,... son bonheur sans mélange.

Elle veut me calmer... ignorant qu'aujourd'hui

D'un frère criminel... l'astre sinistre a lui.

(Il tombe dans la rêverie.)

SCÈNE IV.

LE MÊME, CARLOS.

CARLOS.

Vous voilà donc enfin de retour de la chasse?

ALBERT.

Je suis si fatigué, qu'ici je me délasse.

Ce qui m'a fait rentrer aujourd'hui le dernier,

C'est que j'ai dû livrer un combat singulier.

CARLOS.

Hernand nous a déjà parlé de votre adresse.

ALBERT.

Pourquoi n'a-t-il pas dit plutôt ma maladresse?

J'en suis vraiment honteux... et sans un prompt secours,

C'était fini de moi peut-être pour toujours.

Il n'est pas très-discret... mais cependant j'espère

Qu'il n'aura pas conté ces détails à ta mère?

Elle doit ignorer...

CARLOS.

Non... non... rassurez-vous,

Il n'en a pas parlé ; c'est seulement à nous...

A propos... savez-vous qu'un grand seigneur d'Espagne

Vient d'arriver ici?... le consul l'accompagne.

ALBERT, vivement.

Son nom ?...

CARLOS.

Je n'ai pas cru devoir l'interroger ;

Ce droit était à vous... pourquoi me l'arroger ?

Mais... nous avons parlé de toute la famille,

Il connaît, comme moi, bien du monde en Castille.

Il a l'air bon...

CARLOS, l'interrompant.

ALBERT, l'interrompant.

Son âge ?

CARLOS.

Il est d'un âge mûr.

Il vous plaira sans doute... et déjà j'en suis sûr.

Dans son noble costume il ressemble à mon père.

Il désire vous voir... il demande ma mère.

ALBERT, à part.

Le maudit Castillan !... il choisit mal son jour...

Le démon le conduit dans ce lointain séjour.

CARLOS.

Faut-il le faire entrer ?

ALBERT.

Pas encor... Je désire

Avant de le connaître, aller revoir Elvire.

3

SCÈNE V.

LES PRÉCÉDENS, ELVIRE.

ELVIRE entre fort agitée, et peut à peine parler.

(A part)

Enfin je le revois... c'est bien lui. (Haut.) Cher Albert !

(Elle se jette dans ses bras.)

Ah ! si tu connaissais tout ce que j'ai souffert !

Si tu savais combien j'ai répandu de larmes,

Et si tu partageais mes tourmens, mes alarmes,

Tu ne chasserais plus...

ALBERT.

Mais pourquoi t'affliger ?

CARLOS.

Je vous laisse.

(Il sort.)

ALBERT.

En chassant j'évite le danger...

Car je sens que pour moi la vie est chère encore.

Voulant la conserver pour celle que j'adore,

Je ne l'expose plus.

ELVIRE avec tendresse

Tu m'aimes donc toujours?...

ALBERT avec passion.

Oui, toujours, comme au temps de nos premiers amours.

Aujourd'hui seulement j'ai, par mon imprudence,

Dû contre un sanglier user de violence.

En fatiguant mon corps, tous mes sens assoupis

Me donnent un repos que je n'ai qu'à ce prix...

ELVIRE.

Autrefois tu l'avais.

ALBERT.

Mais d'un horrible drame

Le triste souvenir vient agiter mon ame...

Il me poursuit sans cesse... Ah! ce jour est maudit...

...Je crois qu'il dure encor!...

ELVIRE.

Qu'entends-je?... qu'as-tu dit?...

ALBERT.

Si tu l'as oublié, toujours j'y pense, Elvire,

Et dans mon désespoir, dans mon cruel délire ,

Je voudrais qu'autrefois redevînt le présent,

Et que ce jour affreux pour moi fût le néant !...

ELVIRE.

Je ne puis deviner le sujet qui t'afflige .

Mais je veux le savoir...

ALBERT.

Tu le veux?...

ELVIRE.

Je l'exige.

ALBERT.

Eh bien !... c'est aujourd'hui,... ne t'en souvient-il pas?

Que ton premier époux a trouvé le trépas.....

ELVIRE , se cachant le visage.

Ah ! grand Dieu ! c'en est trop...

ALBERT , avec émotion.

Ta mémoire fidèle

Saura te rappeler qu'alors dans la chapelle ,

Par un deuil apparent et des cris imposteurs ,

Nous avons simulé des regrets et des pleurs ;

Tu n'as pas oublié qu'une hypocrite plainte

Déguisait de nos cœurs la joie et la contrainte.

ELVIRE.

Arrête, Albert, arrête! ou tu me fais mourir.

ALBERT, d'une voix étouffée, et avec terreur.

Mais si, pour se venger, il allait revenir,

S'il nous apparaissait à cette heure fatale,

Et si, faisant entendre une voix sépulcrale,

Il nous disait :... « Je viens, en quittant mon tombeau,

« De votre amour coupable éteindre le flambeau. »

Que lui répondrais-tu ?... Si dans cette nuit sombre,

Si dans ce moment même...

(On frappe à la porte, Albert et Elvire, saisis d'effroi, s'écrient ensemble.)

Ah !

Albert, allant avec hésitation vers la porte, s'écrie avec terreur et en reculant :)

Grand Dieu! c'est son ombre!...

SCÈNE VI.

LES PRÉCÉDENS, L'AMIRAL D'ALMANDAS,
CARLOS ayant un riche costume espagnol, portant un flambeau.

L'AMIRAL.

Comment!...

ALBERT, s'adressant à la comtesse.

C'est Léonel, ne le connais-tu pas?...

ELVIRE, le regardant.

C'est l'aïeul de mon fils, l'amiral d'Almandas...

L'AMIRAL.

Vous me reconnaissez?

ELVIRE.

Moi! ne pas reconnaître

Le père d'un époux!...

L'AMIRAL.

J'aurais dû ne paraître.

Qu'après m'être annoncé... de grâce, excusez-moi!

Si ma présence ici vous cause autant d'effroi.

Pardonnez, je vous prie, à mon impatience,

A celle de Carlos, heureux de ma présence ;...

Et pour mieux rassurer votre cœur incertain,

Ma fille, donnez-moi votre tremblante main.

(Elvire baise sa main avec tendresse; l'amiral embrasse Elvire
avec émotion. S'adressant au comte.)

Vous voyez, Monseigneur, j'ai quitté la Castille

Pour venir embrasser et mon fils et ma fille,

Devant vous je parais pour la première fois ;

(Il lui donne un écrit.)

En lisant cet écrit, vous connaîtrez mes droits.

ALBERT, prenant la lettre sans détourner les yeux, qui restent fixés
sur le visage de l'amiral.

Que vous faut-il de plus pour vous faire connaître ?

J'ai cru voir dans vos traits votre fils m'apparaître.

L'AMIRAL.

Ma ressemblance est tout ce que j'ai de mon fils ;

Car ses biens précieux par vous sont recueillis :

Sa veuve et son enfant, qui sont votre héritage,

Vous lèguent désormais leur amour en partage.

Moi qui suis resté seul..... je viens vous demander

Quelque part des trésors que vous pouvez céder..

ALBERT, lui serrant la main, mais lui parlant avec contrainte.

Soyez le bien-venu.....

ELVIRE.

Dans mon cœur une place

Vous était conservée..... En ce climat de glace,

Mon ame et mon amour ne se sont pas froidis ;

Je sais toujours aimer comme dans mon pays.

ALBERT.

Vous avez habité bien long-temps l'Amérique ?

L'AMIRAL.

J'ai commandé quinze ans les flottes du Mexique.

Ayant été vainqueur dans un combat naval,

Par un décret du roi je fus fait amiral.

C'est là que je bornais toutes mes espérances ;

Je n'osais aspirer à d'autres récompenses,

Quand, dans plusieurs combats, je fus heureux encor ;

Je défis les Anglais, j'obtins la Toison-d'or.

Mais la mort m'enleva mon épouse chérie ;

Je conservais un fils dans ma belle patrie.

L'ayant laissé bien jeune, et voulant le revoir,

Je cinglai vers l'Espagne avec ce doux espoir.

(S'adressant à Elvire, ses yeux se mouillent de larmes.)

Ton époux dans ce temps avait cessé de vivre.

Pourquoi mon triste sort m'a-t-il fait lui survivre ?

(Après quelque temps de silence.)

Mon vaisseau, qui fendait le fougueux élément,

Vers le but désiré s'avançait doucement,

Et ramenait en paix vers la rive chérie

Des voyageurs heureux de revoir leur patrie.

Le vent fut toujours bon... rien ne nous ralentit,

Et le cri... terre !... terre !... aussitôt retentit.

Alors les passagers saluèrent l'Espagne,

Qui dessinait déjà sa riante campagne,

Et terminait au loin un horizon d'azur,

Se montrant à leurs yeux comme un ciel vaste et pur.

. . . .

Je fus saisi d'effroi quand je vis le rivage ;

Une froide sueur inonda mon visage.

Quoique préoccupé de mon débarquement,

Mon esprit, agité par un pressentiment,

Voyait autour de moi de menaçans fantômes,

Et d'un homme insensé j'offrais quelques symptômes.

Enfin... quand mon vaisseau fut entré dans le port,

Je fus dans un saint lieu prier pour mon fils mort.

Je voulus le pleurer... je n'avais plus de larmes ;

Leur cours était tari par de vives alarmes.

Alors... à mon navire ayant fait mes adieux,

Je partis... et bientôt, sombre et silencieux,

J'arrivai tristement aux portes de Séville,

M'épouvantant moi-même en approchant la ville...

Il me semblait entendre une voix me crier :

« *De ton malheureux fils cherche le meurtrier !* »

(Albert se détourne et s'appuie sur un siége.)

L'AMIRAL, s'en apercevant.

Comte, vous pâlissez...

ALBERT.

Ma tête s'embarrasse...

Un étourdissement... j'arrive de la chasse...

ELVIRE, s'adressant à Albert.

Mon ami...

ALBERT.

Je suis mieux... Elvire, ce n'est rien.

(S'adressant à l'amiral.)

Veuillez continuer, je suis tout-à-fait bien.

L'AMIRAL.

Si vous êtes souffrant ?...

ALBERT.

Non... non... je suis sensible.

L'AMIRAL.

J'aurais bien pu suspendre un récit trop pénible.

ELVIRE.

Mais vous nous laisseriez dans de vagues terreurs ;
Car nous partageons, tous, vos chagrins, vos douleurs.

ALBERT.

Me voilà revenu... poursuivez, je vous prie.

L'AMIRAL, reprenant son récit.

N'a-t-on pas remarqué, lorsque froid et sans vie,
Mon fils fut apporté, gisant sur un brancard,
Si quelque indice alors... par un heureux hasard...

ALBERT.

Mais comment supporter ce déchirant spectacle !...

L'AMIRAL.

On aurait découvert... peut-être par miracle...

CARLOS.

J'ai pu tout remarquer... je crois encor le voir...

Dans son appartement tendu de velours noir ,

Où de tristes flambeaux projetaient leurs lumières,

Pendant que pour son ame on faisait des prières...

... Nous étions prosternés aux pieds de son cercueil ,

Autour duquel régnaient la tristesse et le deuil.

(Ses yeux se mouillent de larmes.)

Il était étendu sur un lit funéraire ,

Ayant sur sa poitrine un sacré scapulaire ;

Son visage était pâle ainsi qu'un marbre blanc ,

Et l'on voyait sa plaie encor teinte de sang.

Ses ordres et son glaive étaient couverts d'un voile ,

Qui de Calatrava laissait briller l'étoile.

Par la mirrhe et l'encens il était parfumé ,

Et , pour le conserver , on l'avait embaumé.

L'AMIRAL.

Lorsque je fis lever sa pierre sépulcrale ,

Un effrayant spectacle , à cette heure fatale ,

Vint s'offrir à mes yeux... et cette impression

Ne fut le résultat d'aucune illusion.

CARLOS.

Achevez , s'il vous plaît ; ah ! je vous en conjure.

L'AMIRAL , rassemblant ses forces.

Sa main droite pressait sa profonde blessure ;

Son bras gauche étendu , son poing fermé , ses yeux ,

Ses sourcils tout froncés ,... son air mystérieux ,

Me semblaient être alors les délateurs d'un crime ;

Et j'entendais mon fils , innocente victime ,

Me crier : « *Venge-moi ! je suis assassiné !* »

CARLOS.

Pour voir autant d'horreurs faut-il donc être né !

ELVIRE.

Grand Dieu ! s'il était vrai !... quel crime abominable !

CARLOS.

Quels tristes souvenirs !...

ALBERT , pâle, les genoux tremblans, les yeux hagards, et se tenant appuyé sur une chaise.

Ce serait effroyable !...

CARLOS , à l'amiral.

Attendez, s'il vous plaît...

ALBERT , à part.

Je souffre horriblement !

CARLOS , à l'amiral.

Attendez... car le comte est mal en ce moment

ALBERT , faisant des efforts pour parler à Carlos.

Qui te l'a dit ?... tais-toi... (A l'amiral.) Je suis bien, je

vous jure ;

Avez-vous sur sa mort... quelque autre conjecture ?

L'AMIRAL.

La nuit, dans la forêt, ainsi qu'en son tombeau,

Il fut trouvé gisant, pâle, mais toujours beau.

Comme il avait tiré, pour terminer la chasse,

Un cerf... dont les limiers avaient perdu la trace,

On trouva près de lui son poignard et son cor ;

Il venait d'achever le cerf vivant encor ;

Son arme rechargée était contre une borne ;

Son cheval attaché paraissait triste et morne,

Et son fidèle chien, inquiet et transi,

Léchant son maître mort, semblait l'attendre aussi.

Du fusil meurtrier la bourre accusatrice,

Dont plus tard l'écriture éclaira la justice,

Sur l'herbe fut trouvée...

ALBERT.

Ah ! je me sens plus mal !

Je ne puis supporter ce récit infernal...

Il me faudrait de l'air... à peine je respire...

(Il va vers la porte en chancelant.)

Je me sens chanceler... à mon secours, Elvire !

ELVIRE, qui n'avait rien vu, étant absorbée dans ses pensées, revient à elle lorsqu'elle s'entend nommer ; en voyant son époux chanceler, elle est saisie d'effroi, et s'écrie :

Ah, mon Dieu ! mon époux... au secours ! au secours !...

(Albert sort, Elvire le suit.)

L'AMIRAL, à Carlos.

Va consoler ta mère...

CARLOS.

Oui, mon père, j'y cours!...

(Il sort.)

FIN DU DEUXIÈME ACTE. — LA TOILE TOMBE.

ACTE TROISIÈME.

La scène est comme au premier acte; les meubles sont encore disposés dans le même ordre : la harpe est à la même place, la pendule marque onze heures.

SCÈNE PREMIÈRE.

L'AMIRAL seul.

Tout me semble expliqué;... tout me paraît horrible...

Quand le crime est si grand... la vengeance est terrible...

(Il garde un moment le silence, et semble réfléchir sur ce qu'il

doit faire.)

De la conviction laissons l'heure sonner...

S'il était innocent, pourquoi le condamner ?...

Ce qui paraît prouvé... peut n'être qu'un mensonge,

Et tout ce qu'on croit voir quelquefois n'est qu'un songe;

Car souvent l'apparence est à la vérité...

Comme un être idéal... par l'onde reflété...

4

SCÈNE II.

LE PRÉCÉDENT, CARLOS.

L'AMIRAL.

Le comte va-t-il mieux ?...

CARLOS.

Du moins je le suppose,

Car, plus calme à présent, sur un lit il repose ;

Il paraît moins souffrant... et j'ai même l'espoir

Qu'il pourra revenir vous visiter ce soir...

Mais ne lui parlez plus de mon malheureux père,

Quand il l'entend nommer, son visage s'altère...

L'AMIRAL.

Cela paraît étrange...

CARLOS.

Oh! je sais bien pourquoi...

L'AMIRAL, vivement.

Tu le sais! mon enfant : de grâce? dis-le moi.

CARLOS.

Quand mon père mourut...

L'AMIRAL.

Achève, je t'en prie.

CARLOS.

Pour le sauver, le comte aurait donné sa vie ;

Il était avec lui depuis cinq ans lié ;

Jamais rien n'altéra leur étroite amitié.

Pour lui mon père avait presque autant de tendresse

Que pour moi.

L'AMIRAL.

Comment donc ?

CARLOS.

Il le disait sans cesse.

L'AMIRAL.

Albert répondait-il à tant d'attachement ?

CARLOS.

Sans doute ; il l'a prouvé...

L'AMIRAL.

Mais où donc ?... et comment ?...

CARLOS.

Un combat de taureaux avait lieu dans Séville ;

Le cirque était nombreux ; car le tiers de la ville

S'y trouvait réuni... Déjà le son des cors

Annonçait les taureaux suivis des picadors,

Quand, quittant le balcon, mon infortuné père

Voulut accompagner une dame étrangère,

Désirant voir de près tous les préparatifs

Faits pour les spectateurs, curieux attentifs,

Tout-à-coup... un taureau, que la fureur transporte,

Avec un grand fracas s'échappe de la porte,

Car il avait rompu sa corde et ses liens...

Le taureau!... le taureau...lâchez-lui donc les chiens!

S'écriait-on alors... La dame la première

S'échappe épouvantée et ferme la barrière ;...

Mon père reste seul... et d'un affreux trépas

Voit venir le moment : les chiens n'arrivant pas.

L'animal furieux, alors baissant la tête,

Sur ses cornes l'enlève, et loin de lui le jette.

Il allait redoubler... J'entends dire : Il est mort,

S'il n'est pas secouru dans son malheureux sort ;

Mais, plus prompt que l'éclair, saisissant une lance,

Le comte généreux dans l'arène s'élance.

Attaque le taureau, le frappe dans le flanc ;

Celui-ci tombe alors... et perdant tout son sang,

Il mugit, se débat, et bientôt il expire.

L'AMIRAL.

L'as-tu vu ?

CARLOS.

J'étais là...

L'AMIRAL, à part.

Juste ciel ! je respire.

Un cœur si généreux n'est jamais criminel ;

Je ne puis plus douter qu'il n'aimât Léonel...

CARLOS.

Quoique long-temps unis d'une amitié sincère,

Le comte s'est brouillé plus tard avec mon père.

L'AMIRAL, à part.

Une affreuse clarté semble encor luire ici. Haut.

Comment donc mon enfant ?...

CARLOS.

Je ne sais... mais voici.

Quand mon père mourut, dans le monde on raconte

Que, pour une dispute... alors avec le comte

Il n'était plus très-bien, et ne se voyaient pas,

Le jour qui précédait celui de son trépas.

Le comte son ami... défait, hors de lui-même,

Se jeta sur son corps, dans sa douleur extrême,

Lorsqu'on l'apporta mort... et pâle, et sanglotant,

Le couvrant de baisers, et de pleurs l'inondant,

Il lui criait : « *Pardonne à ton ami coupable,*

« *Et pour lui ne sois pas toujours inexorable!* »

L'AMIRAL , vivement.

Il pleurait, me dis-tu?...

CARLOS.

Je puis vous l'assurer...

L'AMIRAL, à part.

Pourtant les assassins ne savent pas pleurer...

(On entend marcher.)

CARLOS.

Silence! je l'entends... Je vous laisse avec lui.

Il sort.

L'AMIRAL.

Je désire encor seul lui parler aujourd'hui.

SCÈNE III.

L'AMIRAL, ALBERT.

ALBERT, en entrant.

Recevez, chevalier, mes très-humbles hommages,
Soyez le bien-venu dans nos climats sauvages.

L'AMIRAL.

Père de votre ami, le marquis Léonel,
Je n'ai pas cru devoir m'annoncer comme tel.

ALBERT.

Seigneur, ne rouvrez pas des blessures sensibles,
De pareils souvenirs pour moi sont trop pénibles...
Depuis qu'il ne vit plus, tout mon bonheur a fui,
Et lorsqu'il succomba... je suis mort avec lui...

L'AMIRAL.

Ce rare attachement me semble être sublime,
Mais comment se forma cette union intime ?....

ALBERT.

Servant pour ma patrie et notre liberté,

Dans la guerre du nord je perdis la santé.

Mon état empirait,... on craignait pour ma vie...

Et l'on me conseilla l'air de l'Andalousie...

Je quittai mon pays, ses monts et ses frimats,

Pour aller vivre au loin sous de plus doux climats.

Étranger... inconnu... sans amis... sans famille,

Tout triste et languissant, je parvins en Castille.

Je connus Léonel... il me reçut chez lui.

(Il fait un soupir.

J'étais bien plus heureux dans ce temps qu'aujourd'hui!

Sa maison fut pour moi la maison paternelle,

Notre union devint intime... et fraternelle;

Son fils était mon fils, Elvire était ma sœur;

(Avec attendrissement.)

Je le pleure toujours !...

L'AMIRAL, lui prenant la main.

Noble et sensible cœur,

Oublions les soupçons dont tu fus la victime :

Un ami comme toi n'a pu commettre un crime.

ALBERT , effrayé.

Quel crime!... on ne pourrait me soupçonner en vain.

L'AMIRAL , lui tendant de nouveau la main.

N'en parlons plus, Seigneur... et donnez-moi la main...
...Soyez mon ami!..

ALBERT.

Moi !...

L'AMIRAL.

Qu'une amitié nouvelle...

ALBERT , avec hésitation.

Vous... n'avez... pas... d'épouse aimable, jeune et belle...
Je le veux...

L'AMIRAL , avec effroi.

Quelle horreur !...

ALBERT.

Ne me condamnez pas;

Vous savez que l'amour, dans vos brûlans climats,

Embrase tous les sens par une ardente flamme

Qui dévore le cœur et commande à notre ame.

L'AMIRAL.

Grand Dieu! que vais-je apprendre!

ALBERT.

Eh bien! maudissez-moi,

D'un ami qui m'aimait j'osai tromper la foi ;

Entraîné par l'amour et ma fureur jalouse,

J'ai trahi l'amitié, j'ai séduit son épouse...

L'AMIRAL, l'interrompant.

Arrêtez, c'en est trop!... ô mon cher Léonel!...

ALBERT.

L'amour seul me rendit ingrat et criminel!...

L'AMIRAL.

Parlez avec franchise, Albert, je dois le croire,

Vous avez le secret de cette affreuse histoire ?

ALBERT, effrayé.

Encore des soupçons!... arrêtez-les sur moi...

De grâce, expliquez-vous.... je veux savoir pourquoi...

Si vous voulez du sang, je puis vous satisfaire,

Et je saurai punir l'imprudent téméraire !...

L'AMIRAL.

Pourquoi tous ces transports? mes doutes sont fondés.

ALBERT.

En avez-vous la preuve?

L'AMIRAL.

Ah! vous la demandez!

De son arme mon fils ne mourut pas victime;

Il est en mon pouvoir de prouver votre crime.

ALBERT.

Eh bien! prouvez-le donc!

L'AMIRAL.

Son fusil rechargé,

Et le cerf à ses pieds par sa main égorgé,

Son cheval près de lui, l'aspect de sa blessure,

Son poignard tout sanglant... (Il parle avec plus de lenteur.)

Et certaine écriture

Confirment mes soupçons. (Albert change de couleur.) Vous

pâlissez d'effroi!

ALBERT, tremblant, parle avec hésitation.

Che...valier,... rien... encor... ne prouve que c'est moi.

L'AMIRAL , avec force.

Rien encor ! dites-vous ?... votre voix est tremblante ;

Mais je tiens de l'alcade une preuve accablante ,

Que vous verrez bientôt... J'ai le fatal papier

Dont alors on chargea le fusil meurtrier !

ALBERT , à part.

Mon crime est découvert !...

L'AMIRAL se fouille, et tire de sa poche un portefeuille qui renferme
un papier déchiré et noirci par la poudre.

Écoutez ! je vais lire !

(Il lit.)

Mon cher Albert,

Le marquis mon époux est allé à la chasse dans la forêt de Valdé-
méro ; il ne rentrera que ce soir à la tombée de la nuit. Il a de grands
soupçons ; sa vengeance pourrait être terrible : évitez de le rencon-
trer. Il reviendra par la route du Grand-Chêne. Venez consoler
votre...

(Après avoir lu.)

Le reste est déchiré !... Qu'avez-vous à me dire ?...

Êtes-vous convaincu !... comte , défendez-vous ;

Sans doute vous craignez mon trop juste courroux...

(Albert garde le silence.)

L'AMIRAL , le regardant toujours.

Mais répondez-moi donc!... prouvez votre innocence.

(Albert reste toujours muet et confondu.)

Ainsi qu'un criminel vous gardez le silence.

ALBERT , dans la plus vive agitation.

Dans mon espoir coupable... et mon ressentiment...

Sous un arbre arrêté... dans mon égarement...

L'AMIRAL , l'interrompant, lui dit avec force et horreur :

Tu l'as assassiné?...

ALBERT , à part.

Ces horribles secrets

Me dévoraient le cœur autant que mes regrets.

L'AMIRAL tombe sur un fauteuil, et après un moment de silence,

il dit avec énergie :

Séducteur assassin !... monstre!... exécrable traître !

Maudit soit à jamais le jour qui t'a vu naître!...

ALBERT.

Un rival importun partout me poursuivait,

Même au fond des forêts son ombre me suivait.

L'AMIRAL.

Tu naquis dans le nord pour le meurtre et le crime,

Et le midi brûlant te fournit ta victime.

ALBERT.

Un soir, auprès d'un cerf frappé d'un coup mortel,

Sous un chêne touffu j'aperçus Léonel ;

Dans mes mains se trouvait une arme meurtrière ;

...Pour ne pas succomber, je fis une prière

Que Dieu n'exauça pas... L'enfer, qui fut plus fort,

Malgré moi.... vint toucher l'homicide ressort,

Et soudain, en tonnant, le coup part, le plomb vole,

Et d'un ami mourant l'ame aussitôt s'envole.

L'AMIRAL.

De ce séjour maudit hâtons-nous de sortir !

ALBERT.

La barrière du crime est facile à franchir.

SCÈNE IV.

ALBERT, GEORGINA , frappant à la porte de gauche.

ALBERT.

Entrez... (à part,) c'est Georgina... son ame est innocente,

Je crains que mon aspect la souille et l'épouvante.

(Il va pour sortir.)

GEORGINA , qui entre, voyant sortir son frère par la porte du mi-

lieu, lui crie :

Albert...Albert...mon frère...(à part,)il me laisse et me fuit.

Un triste souvenir en ce jour le poursuit.

SCÈNE V.

LA MÊME, ELVIRE , ayant la tête couverte d'un voile noir, et

portant un rosaire et un crucifix.

GEORGINA.

Si tard dans cet état !... quelle ferveur nouvelle !...

Vous voulez donc aller ce soir dans la chapelle ?...

ELVIRE.

J'irai me prosterner aux pieds de mon sauveur,

Je veux devant la croix prier avec ferveur ;

Car du Dieu qui pardonne, et commande à la foudre,

Ici je cherche en vain un prêtre pour m'absoudre.

GEORGINA.

Dieu n'est-il pas partout ?... lui même t'absoudra ,

Confesse-lui ta faute , il te pardonnera.

ELVIRE , avec exaltation.

Ma sœur !... chaste colombe... ô toi, vierge si pure !...

(Elle se jette à genoux dans l'attitude de la prière.)

A tes pieds laisse-moi de mon ame parjure

Déposer les péchés par ma confession...

GEORGINA.

Relevez-vous , ma sœur, ... votre dévotion

Égare votre esprit... Le ciel , dans sa clémence,

Pour vous qui l'implorez usera d'indulgence.

ELVIRE , se relevant.

Puisque Dieu... de mon ame aujourd'hui prend pitié ,

Ma sœur, conserve-moi toujours ton amitié.

GEORGINA.

Pouvez-vous en douter ?

ELVIRE.

Du péché qui m'accable

L'amiral d'Almandas se trouve aussi coupable.

Quoique fille d'un prince, il sut, par son crédit,

M'obtenir pour son fils à la cour de Madrid.

J'étais encore enfant, innocente et soumise,

Qu'à Léonel déjà ma main était promise;

Et lorsque j'eus douze ans, aux pieds des saints autels

Je dus m'unir à lui par des vœux éternels.

Ignorant mes devoirs et d'épouse et de mère,

Je n'aimais mon époux qu'ainsi qu'on aime un frère.

Le comte Albert parut!... il captiva mon cœur,

Et je crus en l'aimant entrevoir le bonheur.

Mon amour augmentait toujours par sa présence,

Et je dus malgré moi céder à sa puissance.

GEORGINA.

Dieu seul pouvait alors te faire résister.

ELVIRE.

Je l'invoquai trop tard, il ne put m'écouter.

L'amour est tout-puissant dans le cœur d'une femme;

Quand il est criminel, il souille et perd son ame.

GEORGINA.

J'espère qu'aujourd'hui, voyant ton repentir,

Le ciel à tes tourmens daignera compatir.

(On entend marcher.)

ELVIRE.

J'entends les pas d'Albert...

GEORGINA.

Il sort d'ici... J'en doute.

ELVIRE.

C'est lui, laisse-moi fuir...

GEORGINA.

Il vous cherche sans doute.

ELVIRE.

Avant de le revoir... je veux invoquer Dieu...

Je ne puis lui parler en cet instant... Adieu.

(Elle court au fond du théâtre; Albert, qui entre par une

autre porte, lui crie, la voyant fuir :)

Elvire, je te cherche.

ELVIRE.

Oh! ciel!

GEORGINA.

Albert t'appelle.

ALBERT , s'adressant à Georgina.

Veuille l'accompagner.

GEORGINA.

Seule dans la chapelle ,

Elle va prier Dieu.

(Elle sort.)

ALBERT.

C'est trop tard ; aujourd'hui ,

De notre châtiment le jour vengeur a lui.

SCÈNE VI.

ALBERT seul, parlant par mots entrecoupés.

Elvire m'appartient... criminelle adultère...

L'enfer me l'a vendue au prix du sang d'un frère...

S'il ne laisse jamais rompre de tels marchés ,

Il aurait dû tenir tous les crimes cachés...

La vie est un éclair... c'est une ombre éphémère ;

Le bonheur à mes yeux n'est rien qu'une chimère...

La mort me semble un bien,... je la vois sans effroi...

Nous devons tous subir cette commune loi..

L'éternité... pour moi semble être plus terrible...

Pour un cœur criminel elle est vraiment horrible...

De cette incertitude enfin je veux sortir,

Et je verrai bientôt mon destin s'accomplir!...

Mais... si j'allais trouver... le néant... Cette idée

Que l'homme n'a jamais, révolte ma pensée...

L'éternité... toujours glace et remplit d'effroi

L'ame de tout mortel coupable ainsi que moi...

Le néant!... le néant!... qui peut le méconnaître?...

Enfin de mon destin me voilà donc le maître...

(Sa voix expire sur ses lèvres, il demeure sans mouvement et
les yeux fixes jusqu'à l'arrivée de l'amiral.)

SCÈNE VII.

LE PRÉCÉDENT, L'AMIRAL ayant son épée au côté... Il en
cache soigneusement une autre sous son manteau. Dans le fond
du théâtre, il appelle le comte d'une voix sombre.

L'AMIRAL.

Comte Albert!...

ALBERT, s'entendant appeler, tressaille violemment. Il se lève.....
Ses genoux tremblent lorsqu'il se tourne vers la porte. Voyant
l'Amiral :

Ah ! c'est vous ! votre voix me semblait...

...J'ai cru que votre fils...

L'AMIRAL.

Aujourd'hui t'appelait.

Sans doute ma visite à cette heure t'alarme ?

ALBERT, toujours agité.

Vous..ne..reposez pas?..Mais pourquoi donc cette arme ?

L'AMIRAL.

Pour venger un outrage, on ne la quitte pas.

ALBERT.

J'ai déjà tout prévu, chevalier d'Almandas,

Et sur un échafaud au milieu d'une place,

Par la main du bourreau, devant la populace,

On ne me verra pas, dans une ignoble mort,

Rendre un dernier soupir... Mais dans mon triste sort,

Sans foule et sans témoins, pour expier mon crime,

Je veux être à la fois le bourreau..., la victime.

L'AMIRAL.

Le fer seul t'absoudra... C'est ma vengeance... à moi.

(S'éloignant de quelques pas, il jette aux pieds du comte l'é-
pée qu'il tenait cachée, et lui dit froidement :)

Quoiqu'il puisse arriver,... comte Albert, défends-toi.

ALBERT, reculant.

Contre vous?... Monseigneur... que le ciel m'en préserve,

Et que pour votre fils long-temps il vous conserve !

Mais... avez-vous pensé?...

L'AMIRAL.

Je suis déterminé ;

Que ton discours trop long soit bientôt terminé.

ALBERT.

Contre un vieillard!... Oh! non.

L'AMIRAL.

D'une armure pesante

Je ne suis pas chargé ; ma force est suffisante.

D'ailleurs... il faut du sang pour laver tes forfaits,

Oui, le sang... le sang seul peut me rendre la paix.

Ma vengeance à tes yeux doit paraître terrible ;

Mais je suis dans mon droit... car ton crime est horrible.

(Lui montrant l'épée qui est à terre.)

Relève cette épée!... en garde!... défends-toi!...

L'assassin de mon fils doit succomber... ou moi.

ALBERT.

Non, jamais... contre vous... Si l'amour de la vie

En moi se ranimait... par ma force trahie,

Si mon épée alors dépassait mon dessein

Malgré moi, je pourrais... Mais plutôt dans mon sein

Enfoncez-la.

(Il s'approche et découvre sa poitrine.)

Frappez... je suis sans résistance.

L'AMIRAL.

Ce n'est pas moi... qui frappe un homme sans défense.

ALBERT.

Ce n'est pas vous ?...

L'AMIRAL.

Jamais... Mais on pourrait venir.

Es-tu prêt ?... hâte-toi : je brûle d'en finir,

Et déjà je suis las aujourd'hui de t'attendre.

ALBERT.

Je ne veux... je ne dois contre vous me défendre.

L'AMIRAL, avec énergie.

Lâche!...

ALBERT, hors de lui.

Qui dit cela?...

L'AMIRAL.

C'est moi... lâche assassin !

ALBERT, dans son égarement, ramasse l'épée.

Mort et damnation!...

L'AMIRAL, se mettant en garde et tirant son épée du fourreau.

Plonge-la dans mon sein.

Avance... je t'attends... viens, meurtrier féroce,

Dans le sang en ce jour laver ton ame atroce.

ALBERT, reprenant ses sens.

Contre vous!.. Non... jamais, j'en jure par l'enfer!

Ma main de son fourreau ne tirera ce fer.

(Il brise l'épée dans son fourreau et jette les deux morceaux derrière lui.)

L'AMIRAL , en proie à la fureur.

Ma vengeance aujourd'hui ne peut être assouvie.

Eh bien !... puisque tu veux ne pas risquer ta vie...

(Saisissant son épée des deux mains comme un poignard.)

Perds-la donc !.. En ce jour l'un de nous doit mourir..

(Il s'approche du comte pour le frapper... le comte l'attend sans ré-

sistance ; Elvire, qui entre, se précipite entre eux.)

SCÈNE VIII.

LES PRÉCÉDENS , ELVIRE, sans voile.

(Elle passe derrière l'amiral, qui est à la gauche d'Albert ; elle

repousse l'amiral, et se plaçant devant son époux, elle tire

un poignard de sa ceinture, et dit avec effroi et énergie :)

Que vois-je !... mon époux sous mes yeux va périr !

(S'adressant à l'amiral.)

Arrête donc !... tu veux le frapper sans défense,

Insensé... viens à moi... j'ai mon poignard... avance...

Je frapperai celui qui veut nous séparer...

La vengeance à ce point a donc pu t'égarer !

Mais s'il te faut du sang pour te venger d'un crime,

(Elle tombe à genoux.)

Frappe sans hésiter... je t'offre une victime.

L'AMIRAL, remettant son épée dans son fourreau.

Jusqu'où pu m'entraîner l'empire du moment !

Qu'ai-je donc fait, grand Dieu ! dans mon égarement ?

(Se tournant vers Elvire et Albert, qui, étant absorbé par son
émotion, n'a pris aucune part à la scène, et qui est resté im-
mobile, appuyé contre un fauteuil.)

Je vous maudis tous deux... Que le ciel vous punisse...

Et que pour me venger votre sort s'accomplisse !

(Il sort.)

SCÈNE IX.

ALBERT, ELVIRE.

ELVIRE, toujours à genoux, et les mains jointes.

Mon Dieu ! frappez-moi seule... et dans votre bonté,

Ayez pitié de moi pendant l'éternité !

(Après un moment de silence, elle va vers son époux et lui dit :)

Albert !... mon cher Albert !...

(Elle se jette dans ses bras.)

ALBERT , beaucoup plus calme, et parlant avec tendresse.

Mon épouse chérie!...

Il me semble entrevoir une plus douce vie ,

Où règnent constamment le repos et la paix ,

Que ton époux coupable a perdus pour jamais.

ELVIRE.

Par un son déchirant, ma harpe prophétique

Ce soir m'a révélé le projet satanique

Que tu viens de former...

ALBERT , surpris d'être deviné.

Elvire, explique-toi,

Ce que tu dis me glace et me saisit d'effroi!...

ELVIRE.

Pendant l'obscurité.... je rêvais... seule... assise...

Tout-à-coup de ma harpe une corde se brise,

Et je crus reconnaître à ce son déchirant

La voix de mon époux ce soir même expirant.

ALBERT.

C'est un songe!...

Autrefois de ta harpe fidèle

Les accords se mêlaient à ta voix douce et belle ;

Le repos et la paix succédaient à tes chants,

Qui me semblaient alors plus doux et plus touchants...

Je goûtais le bonheur ;... et mom ame ravie

Se plaisait à t'aimer comme une sœur chérie...

Et lorsque sur les miens se portaient tes beaux yeux,

Je me croyais alors transporté dans les cieux ;

Et quand je te voyais doucement me sourire,

Un charme inexprimable achevait mon délire.

Mais ta harpe aujourd'hui n'est plus sainte pour moi,

Car ses tristes accords me saisissent d'effroi...

Me rappellent toujours notre amour et mon crime...

Ils t'indiquaient ce soir ton époux pour victime...

ELVIRE , se détournant.

Tu viens de dévoiler, hélas! trop clairement

Ce que je croyais être un vain pressentiment.

ALBERT , avec enthousiasme.

Sur des ailes d'azur, comme une ombre légère,

Mon ame va voler dans un autre hémisphère ;

Vers ton premier époux..., s'échappant aujourd'hui,
Elle aura le repos qui règne autour de lui.

ELVIRE, avec exaltation.

La mort... la froide mort ne peut rien sur mon ame ;
Je suis coupable aussi, la tombe me réclame.
Ma fatale beauté te rendit criminel ;
Ensemble nous irons rejoindre Léonel.

Il se fait un profond silence... Albert va s'asseoir dans un fauteuil à la droite du théâtre... Il semble prier avec tranquillité. Elvire tombe à genoux et prie avec ferveur sans remuer les lèvres... La pendule sonne minuit. Un léger frisson saisit Elvire : elle cesse de prier, et se relève lentement. Son visage paraît calme. Quand la pendule a fini de sonner, Albert se lève aussi avec lenteur, et s'approche d'Elvire.

ALBERT.

L'heure sonne et m'appelle... Elvire, mon amie,
Donne-moi... tu sais bien ?... mon épouse chérie..

ELVIRE, tirant son poignard.

Je comprends... tu l'auras...

Ils s'embrassent tendrement, et restent un instant dans les bras l'un de l'autre.

Jusqu'au revoir !... adieu!...

ALBERT.

Mais donne-moi ce fer... fuis-moi... sors de ce lieu...

ELVIRE.

Attends !...

(Elle s'éloigne d'Albert, et va appuyer son bras gauche contre
sa harpe, qui est placée près d'un fauteuil... Elle dit avec
résolution et enthousiasme :)

Ainsi que toi le reproche m'accable ;

J'ai perdu le repos... Albert... je suis coupable ;

Je ne puis te quitter... et je veux en ce jour

M'envoler avec toi dans l'éternel séjour.

(Elle se frappe ; ses genoux plient, sa harpe tombe sur le fauteuil et glisse à terre ; elle tombe aussi, tenant toujours son
poignard dans sa main droite.)

ALBERT, dans la plus vive agitation.

Grand Dieu! la mort me presse... ah! donne, mon amie!...

(Il prend le poignard ; Elvire le retient par un mouvement con-
vulsif ; il le dégage avec quelques efforts ; il baise la main
d'Elvire, et dit, en se rapprochant du fauteuil, après avoir
levé les mains au ciel :)

Elvire, je m'échappe avec toi de la vie!...

(Il enfonce le poignard dans sa poitrine; il appuie alors sa
main gauche sur le fauteuil, pendant que la droite tient encore le poignard levé, dont il veut se frapper de nouveau.

GEORGINA, CARLOS et l'AMIRAL entrent.

SCÈNE X.

LES PRÉCÉDENS GEORGINA, CARLOS, L'AMIRAL.

GEORGINA s'élance vers Albert, et saisissant son bras qui tient le
poignard; elle lui dit avec effroi :

Que fais-tu? mon frère !...

ALBERT laisse tomber son poignard sanglant.

GEORGINA, le voyant, recule d'horreur, et s'écrie :

Ah!

ALBERT, avec calme.

Mon ame, en liberté,
Cessera de souffrir pendant l'éternité !...

L'AMIRAL.

Mais si notre ame est libre en quittant sa dépouille,
Elle souffre, à jamais, quand le crime la souille.

GEORGINA.

Pourquoi tant de chagrins m'étaient-ils réservés ?...

CARLOS.

Ah ! comment ces malheurs sont-ils donc arrivés ?...

GEORGINA , qui avait reculé en voyant tomber le poignard, s'approche de son frère... elle appuie son front sur la tête d'Albert, et pousse des sanglots qu'elle cherche à retenir.

Je n'ai donc plus d'espoir !...

CARLOS.

Pauvre comte !...

GEORGINA.

Mon frère !...

CARLOS , apercevant Elvire étendue par terre, pousse un cri d'effroi.

Ma mère aussi frappée !... oh ciel ! ma pauvre mère !...

(Il se jette à genoux près d'elle, et dit en sanglotant :)

Quel est ton meurtrier ?... quel est-il ? dis-le moi...

Ton bras aurait-il pu ?... non... non... ce n'est pas toi...

ELVIRE , avec effort se relevant un peu, dit d'une voix mourante :

C'est moi-même... aussi sûr que ma harpe sonore,

Pour la dernière fois, sous mes doigts vibre encore.

(Elle tombe et expire; sa main glisse sur les cordes; on entend un

son doux et prolongé.)

CARLOS.

Grand Dieu !... qui t'inspira cet affreux désespoir ?...

L'AMIRAL , levant les yeux au ciel.

Après le déshonneur, la mort est un devoir !...

(La toile tombe.)

MÉLANGES

POÉTIQUES.

ODE PREMIÈRE.

Le Retour du Printemps.

Donnons à nos chants un essor plus noble et peignons le pouvoir actif du printemps sur l'homme même.

Quand les influences du ciel et celles de la terre, à l'envi concourent à calmer son âme, à élever son être, peut il alors se refuser à la joie universelle de la nature et ne pas la partager ?

THOMPSON. *Les Quatre Saisons.*

Le Retour du Printemps.

Solvitur acris hiems.

Horace. *Ode* IV, liv. 1er.

Enfin dans nos bosquets, on entend Philomèle

Qui chante ses amours et la saison nouvelle,

Et déjà le zéphir, messager du printemps

De son souffle embaumé vient enivrer mes sens.

La terre jusqu'alors, couverte de gelée
De verdure et de fleurs se retrouve émaillée,
L'aubépine renaît... et le blanc liseron
Par la sève poussé, se déploie en feston.

Du lilas, du muguet, l'odeur suave et douce
Invite les bergers, a s'asseoir sur la mousse,
Et déjà le sureau, l'églantier et le thym,
Fournissent à l'abeille un précieux butin.

Le cerf aux pieds légers, dans sa course rapide,
Ne craint plus désormais que la neige perfide
Ne découvre au chasseur, qui le guette et le suit,
L'épais taillis du bois qui lui sert de réduit.

Le pluvier reparaît,... et l'hirondelle agile,
Se hâtant de bâtir sa demeure fragile,
Transporte avec son bec la fange des marais ,
Qu'elle fixe avec art, sous le toit des châlets.

Les moutons sans regret, quittent la bergerie,

Et vont paître gaiement dans la plaine fleurie.

La genisse amoureuse, ornement du troupeau,

Sous le penchant d'un roc, broute près d'un taureau.

Là... c'est un nautonnier, aidé d'un long cordage

Qui lance sa chaloupe à sec sur le rivage...

Ici... l'on voit des bœufs restés long-temps oisifs

Qui, malgré l'aiguillon, marchent à pas tardifs.

Plus loin... un laboureur quittant enfin son âtre,

Mêle son chant rustique au chalumeau d'un pâtre.

La fauvette gazouille une chanson d'amour,

Que le fidèle écho lui répète à son tour.

Pour voler au combat, Mars a repris ses armes,

Le calme de l'hiver n'a pour lui plus de charmes,

Et déjà sur l'Etna, le noir, l'ardent Vulcain

Fait résonner le fer, sur l'enclume d'airain.

Les nymphes de nos bois et les grâces décentes

De leurs pas cadencés, foulent les jeunes plantes,

Et cueillent à l'envi, les tendres rejetons

Des verts rameaux d'un myrthe, enlacés en festons.

Profitons de ces jours de bonheur et de vie

Où la nature est fraîche et paraît rajeunie,

Où chaque être vivant célèbre tour-à-tour,

Le retour du printemps, la saison de l'amour.

Ne laissons pas s'enfuir un temps si favorable ;

La mort,... la pâle mort..., pour chacun immuable

Frappe du même pied, c'est pour elle une loi,

A la porte du pauvre, aux portiques du roi.

Jouissons des plaisirs, de la saison prospère,

Car pour nous, le bonheur est souvent éphémère ;

L'avenir est douteux, le présent est certain ;

Tel qui vit aujourd'hui peut bien mourir demain.

La mort de Byron.

CHANT FUNÈBRE D'UN GREC.

Sparte est libre : vivez ; moi, sur les rives sombres,
Je vais de ses héros rejoindre enfin les ombres!

PICHAT DE L'ISÈRE. *Léonidas*, acte V, scène IX.

Dors, ô fils d'Apollon ! ses lauriers te couronnent,
Dors en paix ! les neuf sœurs t'adorent comme un roi ;
De leurs chœurs nébuleux les songes t'environnent ;
    La lyre chante près de toi.

VICTOR HUGO, *Ode* XII.

La mort de Byron.

Liberté !... Liberté !... divinité chérie !

    Voile ton front de noirs cyprès ;

Entends, du haut des cieux, les pleurs de ma patrie ;

    Partage en ce jour ses regrets !...

Muses !... de votre ami pleurez la destinée,

Pleurez !.... vous n'avez pu l'arracher au cercueil.

Et le bronze funèbre a compté ses années (*);

On triomphe à Byzance, et la Grèce est en deuil.

Oui, le pays d'Homère était bien ta patrie,

Tu fus digne, ô Byron! de tes nouveaux liens,

Et les lieux où l'on sait rendre un culte au génie

Méritent bien aussi de pareils citoyens.

Liberté!... liberté!... divinité chérie!

    Voile ton front de noirs cyprès,

Entends, du haut des cieux, les pleurs de ma patrie;

    Partage en ce jour ses regrets!

Dans son temple, ignoré de la foule importune,

La liberté te vit honorer ses autels;

Tu lui donnas tes jours, tes chants et ta fortune;

Ta gloire partagée eût fait trois immortels.

(*) La mort de Byron fut annoncée par trente-deux coups de canon, nombre égal à celui de ses années.

Le cruel Musulman, te prodiguant l'injure,

Vers le ciel où tu vas lève un front odieux ;

Le blasphème insensé sort de sa bouche impure,

Et dans ta mort il voit le juste arrêt des dieux.

Liberté !... liberté ! divinité chérie !

    Voile ton front de noirs cyprès,

Entends, du haut des cieux, les pleurs de ma patrie ;

    Partage en ce jour ses regrets !

La Grèce, pour combattre et chanter sa victoire,

De ton bras, de ta lyre espérait le secours ;

Tu meurs bien jeune encor, mais tu meurs plein de gloire.

Dans le pays d'Achille, on compte peu ses jours.

Ah ! puissent tes amis venger tes funérailles,

Que le sultan frémisse à ton nom redouté ;

Que ton ombre pour lui soit le dieu des batailles ;

Qui le chasse en Asie, au cri de liberté!

Liberté!... liberté!... divinité chérie !

Voile ton front de noirs cyprès,

Entends, du haut des cieux, les pleurs de ma patrie;

Partage en ce jour ses regrets !

LA NAISSANCE

D'un traître à sa patrie.

... Il est des jours de sinistre présage.

LEGOUVÉ. *La Mort d'Henri IV*, scène V.

Songe Fantastique.

LA NAISSANCE

D'UN TRAITRE A SA PATRIE.

Monstrum horrendum!
VIRGILE.

La nuit régnait alors ;... sur son lugubre voile,

Se montrait isolée une sinistre étoile,

Dont la clarté douteuse et la pâle lueur

Présageaient un désastre, inspiraient la terreur.

. . . .

L'éclair fendait la nue;... une épaisse fumée

Dérobait aux mortels la nature attristée;

La foudre avec fracas, et les vents tour à tour,

Faisaient gémir au loin les échos d'alentour.

Tu naquis. . . . .

. . . Aussitôt, une horrible vipère,

Déroulant ses anneaux, s'élança vers ta mère;

On entendit les cris de nocturnes oiseaux

Mêlés aux chants discords des esprits infernaux.

La terre s'entr'ouvrit..... et de cet affreux gouffre

Sortirent des vapeurs de bitume et de soufre.

. . . .

En frappant sur ses bords, l'Océan furieux

Fit un mugissement qui parvint jusqu'aux cieux,

Et qui remplit d'effroi les célestes phalanges

Interrompant les chœurs et des saints et des anges.

. . . .

. . . .

Ton innocente mère alors te contempla,

Et le dernier soupir de son cœur s'exhala ;...

Vaincu par la douleur, ton infortuné père

Frémit... ferma les yeux ,... fut rejoindre ta mère.

. . . .

Soudain on entendit une terrible voix

Qui prononça ces mots : « Mortel, qui que tu sois,

« Fuis cet enfant maudit ; un monstre vient de naître,

« Et la patrie en lui pourra compter un traître. »

MES VŒUX!!!

STANCES.

Je vous rends tous ces biens pour un peu de bonheur...

VICTOR HUGO, *Ode* XVIII.

La gaîté, le bonheur, sont sous un toit rustique ;
.... Ils s'égarent dans le château.

FAVARD.

MES VOEUX !!!

STANCES.

De Paris au Japon sur la terre et sur l'onde,

Du Brésil à Moscou, sur tous les points du monde,

Il est peu de mortels qui soient vraiment heureux;

Pour moi... le vrai bonheur consiste dans ces vœux :

Je voudrais, loin des cours, exempt de toute envie,
Cultivateur actif, voir s'écouler ma vie!...
Je voudrais ma maison bâtie à mi-coteau,
Sur le penchant d'un roc dominant un hameau.

Je voudrais un étang, un bois, une volière,
Un rang de peupliers enlacés par un lierre,
Un bosquet d'arbres verts dont le feuillage épais
Fût le séjour constant d'un air suave et frais!...

Non loin serait un pré, des ruches vigilantes,
Un parterre, un verger, peuplé d'utiles plantes,
Un limpide ruisseau dont le cours tortueux,
En bornant mon jardin, bornerait tous mes vœux.

J'irais furtivement, dès l'aube matinale,
Respirer les parfums que chaque plante exhale;
Et tenant ma palette en guettant le soleil,
De la nature en paix je peindrais le réveil.

Je voudrais tour à tour retracer sur la toile
Les beautés qu'à nos yeux la campagne dévoile;
Et de Flore imitant la verdure et les fleurs,
J'offrirais du printemps les tableaux enchanteurs.

Un chien, fidèle ami, me ferait à la chasse
Découvrir du gibier et le gîte et la trace;
Sur mon cor, quoique seul, je ferais quelquefois
Des duos concertans avec l'écho des bois.

A l'ombre d'un vieux saule, au bord d'une onde pure,
Une ligne à la main, faisant une lecture,
J'irais souvent pêcher le vorace poisson,
Qu'attirerait l'appât d'un perfide hameçon.

Dans ma douce retraite et mon honnête aisance,
Je vivrais dans le calme et dans l'indépendance,
Et, simple dans mes goûts, sans luxe et sans fierté,
Rien ne viendrait troubler ma paix, ma liberté...

Là... je ne craindrais pas les vengeances nouvelles,

Les ennemis cachés, les amis infidèles ;

Et, comme un grand seigneur de laquais escorté,

L'on ne me verrait pas narguer la pauvreté.

Mais, loin des intrigans, loin du fracas des villes,

J'aurais le vrai bonheur, coulant des jours tranquilles,

Vivant sans embarras, sans soucis, sans désirs,

Mes livres et les arts charmeraient mes loisirs.

Donner mon superflu, secourir l'indigence,

Serait mon seul plaisir, ma seule jouissance ;

Car il n'est sans cela de richesses pour moi,

Qui trouve qu'on n'a rien, quand on n'a que pour soi.

Je désire ces biens :... un paisible ménage,

Une épouse fidèle, aimable, douce et sage,

Et de jolis enfans, voulant lutter entr'eux,

Pour embrasser leur mère, à qui courra le mieux.

Je goûterais alors le bonheur véritable,

Le seul qu'on peut trouver, et le seul désirable,

Et je croirais mon sort préférable ici-bas

A celui de nos rois,... dont je ne voudrais pas.

La gloire et les honneurs, la fortune, un empire,

Ne valent pas les biens qu'aujourd'hui je désire;

Car, sous un toit rustique, où règne la gaîté,

On trouve le bonheur, la paix, la liberté.

TABLEAU

DES

Eaux de Vichy.

Ne peut-on autrement échapper au chaos,
Pour s'éloigner du bruit, pour trouver le repos.

GRESSET. *Sidney*, acte II.

TABLEAU

DES

EAUX DE VICHY.

Asperges me...

Et mundabor...

Lavez moi et je serai purifié.

Évangile.

Grands amateurs de spectacles,

Venez, venez donc aux eaux ;

C'est le séjour des miracles,

C'est le remède à tous maux.

8

On y trouve des fiévreux,

Et des conseillers goutteux,

Des fous, des saints-simoniens,

Des Turcs, des juifs, des chrétiens.

Une frayeur cholérique

Réunit seule en ce lieu

Les chouans, la république,

Avec le juste-milieu.

La femme d'un inspecteur

Y vient pour des maux de cœur,

Et celle d'un intendant,

Pour un léger mal de dent.

Une amante abandonnée

Vient y chercher un amant,

Et la beauté surannée

Croit rajeunir en buvant.

Grands amateurs de spectacles,

Venez, venez donc aux eaux,

C'est le séjour des miracles,

C'est le remède à tous maux.

Ici... l'on voit un milord

Qui s'amuse comme un mort,

Pendant que sa milady

Déjeûne avec un dandy.

Là.... c'est un vieux personnage,

De ses membres tout perclus,

Qui maudit, couvant sa rage,

Les faveurs d'une Vénus.

Plus loin... plusieurs députés

Amis de nos libertés,

S'entretiennent du projet

De refuser le budjet.

Ailleurs, l'on voit un ministre,

Parlant d'Ancône et d'Alger,

A sa figure sinistre,

On prévoit qu'il va changer.

Grands amateurs de spectacles,

Venez, venez donc aux eaux ;

C'est le séjour des miracles,

C'est le remède à tous maux.

On y trouve des prélats,

Des docteurs, des avocats,

Des artistes, des auteurs,

Même des ambassadeurs.

Seigneurs, laquais et soubrettes,

Anglais, Français, jeunes, vieux,

Femmes prudes et coquettes,

Ensemble sont en ces lieux.

Il y vient des merveilleux,

Des poètes ennuyeux,

Des intrigans beaux esprits,

Et des badauds de Paris.

Un jeune surnuméraire,

Qui n'a qu'un modeste enjeu,

Vient contre un millionnaire

Tenter la chance du jeu.

Grands amateurs de spectacles,

Venez, venez donc aux eaux ;

C'est le séjour des miracles,

C'est le remède à tous maux.

On y voit des élégans,

Et des moines arrogans,

Des jésuites, des soldats,

Enfin que n'y voit-on pas ?

Que de figures nouvelles,

Si, dans ce charmant pays,

Pour nos vieilles demoiselles

Il se trouvait des maris!

Baladins, escamoteurs,

Casinos, bals et chanteurs,

Omnibus, fiacres, chevaux,

Tout cela se trouve aux eaux.

Si, comme une autre Jouvence,

Les eaux rendaient la beauté,

Vichy serait de la France

Le lieu le plus fréquenté.

Grands amateurs de spectacles,

Venez, venez donc aux eaux ;

C'est le séjour des miracles,

C'est le remède à tous maux.

LES ADIEUX

D'UN PROSCRIT.

Nescio, quâ natale solum dulcedine cunctos
Ducit, et immemores, non sinit esse suî.

OVIDE.

... Quelques soient les biens d'une terre étrangère,
Toujours un tendre instinct, au sein de ce bonheur,
Vers un séjour plus cher rappelle notre cœur.

GRESSET.

Les Adieux

D'UN PROSCRIT.

France adorée, ô ma belle patrie,
Séjour heureux, hélas! il faut te fuir!
Pays natal, adieu, terre chérie,
Loin de tes bords je dois aller mourir.

Dans mon exil, consolante espérance,

Adoucira mon trop malheureux sort.

Sans ce bienfait, une longue existence

Serait pour moi plus triste que la mort.

Oui, sans regrets je quitterais la vie

Et je verrais mon destin sans effroi,

Si je doutais que ma fidèle amie

Ne sût toujours me conserver sa foi.

Tout se ressent de mon cruel délire;

Ma faible voix, mes accens douloureux,

Le triste son des accords de ma lyre

Semble en ce jour être plus langoureux.

Adieu, bosquets, adieu, grotte jolie,

Discrets témoins de mes premiers amours;

Bien loin de vous une ligue ennemie

M'exile... hélas! peut-être pour toujours.

L'heure a sonné!... l'instant cruel arrive :

Mille tourmens m'accablent à la fois.

Sol fortuné,... salut, charmante rive,

Salut encor... pour la dernière fois !

LE MOUTON

ET

LE BUISSON.

Rixis abstineas, bellisque forensibus : usque
Lis et vicenti plurima damna tulit.

TÉRENCE.

N'imitez pas ces fous dont la sotte avarice
Va de ses revenus engraisser la justice,
Qui toujours assignant et toujours assignés,
Souvent demeurent gueux de vingt procès gagnés.

BOILEAU.

APOLOGUE.

Le Mouton

ET

LE BUISSON.

Au loup!... au loup!... au loup!... s'écriait un mouton.

Ami, rassure-toi, lui répond un buisson ;

  Sous mon épais feuillage

Mes rameaux épineux sauront te protéger.

  Tu pourras sans danger

Braver du loup cruel et la faim et la rage.

A ce conseil tout amical

Se rend notre pauvre animal,

Qui, sans plus réfléchir,

Au milieu du buisson va bientôt se blottir.

Quand l'ennemi fut loin, quand il fut dans la plaine,

De son étroit réduit le mouton veut sortir;

Mais chaque épine arrache un flocon de sa laine,

L'écorche en le tondant,

Et lui permet à peine

De s'échapper vivant

De ce vrai guet-à-pent.

. . . .

Pauvres gens qui plaidez, votre histoire est la sienne;

Dieu veuille que jamais elle ne soit la mienne;

Profitez de cette leçon :

Votre procès... c'est le buisson.

LA MARQUISE

ET

LE DANDY.

CONTE.

Ah ! que de trouble et d'inquiétude

Il faut souffrir quand on veut être prude !

Et que sans craindre et sans affecter rien,

Il vaudrait mieux être femme de bien.

VOLTAIRE. *La Prude,* acte III, scène IX.

La Marquise

ET

LE DANDY.

On dit qu'une marquise
De prétendu bon ton,
Mais de vertu douteuse et d'élégante mise,
Dans une loge était assise.
On jouait *Richard d'Arlington.*

Un élégant bientôt sur elle

Dirige un indiscret lorgnon.

La dame, faisant la cruelle,

Quoique jouant de la prunelle,

Pria notre élégant de ne plus la lorgner,

Et de finir surtout de la *considérer.*

Le dandy poliment lui répondit tout bas :

Si je l'ai fait, c'est par mégarde ;

Je ne vous *considère* pas,

Mais seulement je vous regarde,

LA FEMME FIDÉLE

ET

LE MARI PRUDENT.

LA FEMME FIDÈLE

ET

LE MARI PRUDENT.

C'est à tort qu'un auteur avance

Que la femme veut, ne veut pas,

Et que ce n'est qu'à l'inconstance

Qu'elle est bien constante ici-bas.

La Femme.

Je voudrais de toute mon ame
Qu'il soit en France décrété
De faire noyer toute femme
Coupable d'infidélité.

Le Mari.

Tu pourrais bien, ma chère amie,
Parfois courir un grand danger;
Pour ne pas exposer ta vie,
Tu devrais apprendre à nager.

ODE II.

Au Beau Sexe.

Le créateur donna une compagne à l'homme pour que
son bonheur soit complet.

Évangile,

Au Beau Sexe.

Sexe charmant, créé pour plaire,

Sur nous tu règnes en vainqueur;

Car sans toi jamais, sur la terre

Pour l'homme il n'est de vrai bonheur.

Si ma muse accorde ma lyre,

C'est pour toi que je veux rimer ;

Dans mon poétique délire,

C'est toi seul qui viens m'enflammer !

Tout ce qu'en mon cœur tu fais naître,

Un mot suffit pour l'exprimer.

On est heureux de te connaître,

Et bien plus heureux de t'aimer.

Chacun reconnaît ton empire ;

Chacun veut vivre sous ta loi ;

Près de toi tout mortel soupire,

Depuis le berger jusqu'au roi.

Nous te devons notre existence ;

C'est toi qui formes notre cœur,

Et qui cultives notre enfance

Comme une jeune et tendre fleur.

En suivant notre destinée,

Tu nous fais goûter tour-à-tour,

Et les douceurs de l'hyménée,

Et les plaisirs d'un tendre amour.

Tu nous consoles dans nos peines,

Et tu partages notre sort,

Tu nous offres de douces chaînes,

En nous aidant jusqu'à la mort.

Tu nous donnes, dans la vieillesse,

Tes soins tendres et vigilans,

Et par ta grâce enchanteresse

Tu charmes encor nos vieux ans.

Beau sexe ! je te rends les armes ;

Tu me séduis par tant d'attraits,

Que, pour parler de tous tes charmes,

Je pourrais ne finir jamais.

Aimer une fidèle amie ,

Est le premier besoin du cœur;

Le lui prouver toute la vie

Est, selon moi, le vrai bonheur.

Comment de celle qu'on adore

Perdre jamais le souvenir ?

S'il fallait vivre loin de Laure ,

L'on me verrait bientôt mourir ! ! !

A

Pichat de l'Isère.

J'ai voulu montrer le spectacle du plus héroïque dévouement que l'amour de la patrie et le sentiment de l'indépendance aient inspiré aux hommes des temps antiques.

Préface de la tragédie de Léonidas.

Pichat de l'Isère,

A L'AUTEUR

DE LÉONIDAS, DE TURNUS, DE GUILLAUME TELL.

Avec Guillaume Tell, Turnus, Léonidas,

Ton nom saura survivre aux désastres des âges,

Lorsque tu nous léguas trois immortels ouvrages,

Pourquoi pleurer sur ton trépas?...

Pichat! tu n'es point mort...mais tu changeas de vie!

Les muses et la gloire avec la liberté

T'ont, sur les ailes du génie,

Conduit à l'immortalité.

L'ANONYME.

L'expérience m'a fait voir
Qu'ici bas tout est anonyme,
Que l'homme encensant le pouvoir
Dans son cœur garde l'anonyme.

Pour répandre un bruit, le banquier
Souvent recourt à l'anonyme;
J'aurais moi-même, le premier,
Mieux fait de garder l'anonyme.

Sous l'anonyme, quelquefois,
Un auteur cache sa défaite;
Sous ce voile agit le sournois,
Le faux dévot et la coquette.
Sous l'anonyme maints maris,
Brûlent d'amour illégitime,
Et que de femmes dans Paris
Cachent leur jeu sous l'anonyme!...

ODE III.

ODE BACHIQUE.

. . . . . . Fecere disertos ,
Pocula , facundisque joci crateribus orti.

Nectar , lien des cœurs, sois l'ame des repas ;
Usez-en, mortels ; mais n'en abusez pas.

. . . .

Le vin au plus muet peut fournir des paroles.

BOILEAU.

ODE BACHIQUE.

A table, amis, faisons la guerre
Aux philosophes buveurs d'eau,
Et narguons avec notre verre
Tous les ennemis du caveau.

En vrais serviteurs de Silène,

Buvons, pour chasser le chagrin,

Et vidons notre coupe pleine

En chantant ce joyeux refrain :

Jus de la treille !

Source de plaisir, de bonheur,

Liqueur vermeille,

Seule tu fais battre mon cœur.

Si ma maîtresse est infidèle,

Au lieu de mourir de langueur,

Je me console de la belle

Avec un flacon du meilleur.

Tous les jours auprès d'une tonne,

Pour rendre hommage au dieu du vin,

Après chaque verre j'entonne

Ce bachique et joyeux refrain :

Jus de la treille,

Source de plaisir de bonheur,

Liqueur vermeille,

Seule tu fais battre mon cœur.

Bacchus nous accueille à tout âge,

Ce que ne fait pas Cupidon;

Il reçoit de même l'hommage

De l'adolescent, du barbon.

Pour jouir gaiment de la vie,

Amis, servons-les tour à tour!

Que chacun de nous sacrifie

Au dieu du vin, au dieu d'amour.

Jus de la treille,

Source de plaisir, de bonheur,

Liqueur vermeille,

Seule tu fais battre mon cœur.

ÉPIGRAMMES.

L'épigramme, plus libre en son tour plus borné,

N'est souvent qu'un bon mot de deux rimes orné.

BOILEAU,
Art poétique, chant II.

Epigrammes.

LE DUEL.

Contre certain docteur qui se plaint d'un affront
Je dois au pistolet terminer la querelle;
Mais je crains fort de perdre et ma poudre et mon plomb;
    Car même en l'atteignant au front
Je ne pourrais jamais lui brûler la cervelle.

LE MÉDECIN ÉCONDUIT ,

Épigramme imitée de Gananti.

TEXTE ITALIEN.

Chi batte al camerier disse un curiale.

Quello rispose, e il medico.

Non lo posso ricevere , che ho male.

TRADUCTION LIBRE.

— Joseph ! que me veut-on !

— C'est le docteur Foucade

C'est votre médecin, qui demande à vous voir.

— Va lui dire qu'étant malade

Je ne puis pas le recevoir.

L'ARGENT.

L'argent passe, morbleu, sur le ventre au mérite.

MONTFLEURI,
La femme juge et partie, acte II, scène I.

L'argent.

L'argent fait agir les faveurs ;

Des grands il fait ouvrir la porte ;

On nous rend toujours des honneurs

Quand notre argent nous sert d'escorte.

Comme il remplace le talent ,

L'argent nous fait ce que nous sommes ;

On meurt sans lui civilement,

Car on compte par lui les hommes.

L'argent donne toujours l'espoir

D'obtenir ce qu'on sollicite;

Tenant souvent lieu du savoir,

L'argent peut plus que le mérite.

On peut tout avec ce métal!

Que de généraux inhabiles,

Sans épuiser notre arsenal,

Avec lui seul ont pris des villes!

Ce vil métal touche le cœur

Des femmes prudes et cruelles,

Plus que l'amour, il est vainqueur

De certaines beautés rebelles;

Puisqu'on on ne saurait s'en passer,

Bien fou celui que le méprise;

Si rien ne peut le remplacer

Il en faut.... voila ma devise.

Impromptu

POUR L'ALBUM DE LAURE

QUI M'AVAIT DONNÉ DES BOUTS RIMÉS A REMPLIR.

(1831.)

Remplir vos bouts rimés

Est chose difficile ;

Mais quand vous l'inspirez,

Ma muse est plus facile.

Premier bout-rimé.

Près de vous, mon cœur chaque... *jour,*

Vient chercher la paix ,... *l'espérance;*

Il est heureux de sa... *souffrance,*

Et malheureux de son... *amour.*

Autre.

Sourire gracieux, talens, vertu... *sévère ,*

Divine Laure, en vous tout est fait pour... *charmer,*

Mais si l'on n'eut jamais plus que vous l'art de... *plaire,*

Personne plus que moi ne connut l'art... *d'aimer.*

Impromptu.

RÉPONSE

A UNE DAME QUI ME DEMANDAIT LE SECRET
DES FRANCS-MAÇONS.

Les francs-maçons, dit le vulgaire,

Savent conserver un secret.

Quand on a celui de vous plaire,

Comme eux l'on doit être discret.

Autre.

EN OFFRANT A MON BEAU-PÈRE UN THERMOMÈTRE
QUE J'AVAIS FAIT MOI-MÊME POUR LUI.

Du liquide métal l'action éphémère,

En indiquant le chaud et le froid tour à tour,

Ne saurait rappeler à mon bien-aimé père

Qu'au *centième degré* toujours est mon amour.

LE CRANOMANE.

Le cerveau est l'organe de tous les penchans , de tous
les sentimens et de toutes les facultés.

LE DOCTEUR GALL,

Sur l'origine des qualités morales et des facultés
intellectuelles de l'homme , page 6.

LE CRANOMANE.

Grâce à Gall,

Grâce à Gall,

Grâce à son art sans égal,

Je prévois le bien et le mal.

Je distingue l'auteur classique

Et le poète romantique,

Le savant, le comédien,

Le peintre et le musicien.

Grâce à Gall,

Grâce à Gall, etc.

Je sais reconnaître les vices,

Et les vertus, et les caprices,

Les caffards, les intrigans,

Et les sots toujours arrogans.

> Grâce à Gall,
>
> Grâce à Gall, etc.

Je peux distinguer l'hypocrite,

L'esprit profond et le mérite,

Le rusé, le faux, le fripon,

Le courageux et le poltron.

> Grâce à Gall,
>
> Grâce à Gall, etc.

Souvent une bosse décèle

L'amant constant et l'infidèle,

Et mieux qu'un chiromancien

Je vois s'il est..... vous savez bien.

> Grâce à Gall,
>
> Grâce à Gall, etc.

Je conviens de l'insuffisance

Du système et de la science ;

Par eux jamais, jusqu'à ce jour,

On n'a connu les gens de cour.

Grâce à Gall,

Grâce à Gall,

Grâce à son art sans égal,

Je prévois le bien et le mal.

OMNIBVS

POT-POURRI.

L'Espérance.

L'espérance est une chimère

Qui nous fait vivre en végétant ;

Car tous les biens que l'on espère

Ne valent pas l'argent comptant.

Puisque du sort on craint les chances,

Mieux vaut le sûr que l'incertain,

Avec de grandes espérances

On peut fort bien mourir de faim.

Le Second.

S'il faut donner ou s'il faut rendre,

On a rârement un second ;

S'il faut recevoir, s'il faut prendre,

Sans peine on rencontre un second ;

Pour partager un héritage,

On a toujours trop d'un second

Et pour le bonheur du ménage,

Il ne faut jamais de second.

Les Caméléons bipèdes.

Souvent un intrigant profite

Des honneurs dûs au vrai talent ;

Car la science et le mérite

Ne suffisent pas à présent.

Afin de conserver sa place,

Le tartufe docteur Léon,

Change de couleur et de face,

Comme un nouveau caméléon.

Tout est étude dans le monde.

Chaque homme étudie ici bas

Les lois, le siècle et la nature,

Les arts, la guerre et les débats,

Enfin tout, jusqu'à l'imposture.

Certains ministres de nos jours,

On peut le dire sans critique,

Devraient étudier toujours

Notre charte et la politique.

L'ennemi des médecins.

Grégoire disait de sa femme,

Dont il pleurait la triste fin :

L'infortunée a rendu l'ame

Grâce aux soins de son médecin.

Est-ce prudence, est-ce folie ?

Il a juré, sur son honneur,

Que, tenant beaucoup à la vie,

Il veut se passer de docteur.

La jeune Fille

QUE L'ON VEUT MARIER SANS AMOUR.

Qu'une jeune fille est à plaindre,

Et que son sort est malheureux !

Elle est faible,.. elle a tout à craindre,

Un homme est cent fois plus heureux !..

Sans amour, oh! sottise étrange,

Souvent on veut la marier,

Et comme une lettre de change

On voudrait la négocier.

Le poltron.

Un brave se bat pour l'honneur,

Un chevalier pour son amie,

Et nos soldats avec valeur

Vont se battre pour la patrie.

L'on se bat aussi pour l'argent,

Pour un propos désobligeant,

Par vengeance et par jalousie,

Ainsi que par étourderie,

Le croisé se bat pour sa foi,

L'absolutiste pour son roi;

Le peuple pour l'indépendance,

Pour ses droits et pour sa défense,

Souvent pour celle de son bien,

Et quelquefois même pour rien.

Quoique chaque raison soit bonne ,

Le poltron dit qu'il est plus prudent ,

Pour éviter tout accident ,

De ne se battre pour personne.

Impromptu

EN RÉPONSE A UNE DAME BÈGUE.

Madame, il faut vous consoler

D'avoir la langue peu docile ;

Et si pour vous l'art de parler

N'est pas toujours chose facile,

Vos beaux yeux s'expriment si bien

Que vos amis n'y perdent rien,

Et que souvent pour vous parler est inutile.

Cavatine

MISE EN MUSIQUE, PAR MADAME ***.

Je ne puis m'en défendre,

J'adore mon vainqueur ;

Par l'amour le plus tendre

Il sut toucher mon cœur.

L'aimer toute ma vie,

Et lui garder ma foi,

Sera ma seule envie,

Mon bonheur et ma loi.

De mon époux j'aurai, j'espère,

Le doux prix d'un aveu sincère,

Et toujours

Les amours

Viendront embellir nos jours.

Fin.

NOTES.

NOTE DU PREMIER ACTE.

« Nos chasseurs exercés évitent le danger;
« D'invisibles esprits viennent les protéger. »

D'après de vieilles traditions, on croyait dans le Nord que des fées invisibles, logées dans des tours ruinées et dans les souterrains des montagnes et des forêts de sapins, protégeaient les chasseurs contre tous les dangers de la chasse.

« Tayo!.. tayo!.. les chiens, aussitôt il me crie. »

C'est le cri des piqueurs à la chasse du sanglier.

NOTE DU SECOND ACTE.

« Qui de Calatrava laissait briller l'étoile. »

Calatrava est le nom d'un ordre militaire d'Espagne, institué en 1158, par *Sanche* III, roi de Castille.

NOTE DU TROISIEME ACTE.

« Déjà le son des cors
« Annonçait les taureaux suivi des picadors. »

Picador est le nom que l'on donne à ceux qui excitent les taureaux dans les combats qui ont lieu en Espagne. Ce mot

fait au pluriel *picadores* dans la langue castillane, mais en français cette terminaison n'est pas admise, et nous disons *picador*
au pluriel et au singulier.

NOTES

SUR LES AUTRES MORCEAUX DE POÉSIES.

Page 98.

« La mort... la pâle mort... pour chacun immuable
« Frappe du même pied, c'est pour elle une loi
« A la porte du pauvre, à la porte du roi. »

On verra facilement que j'ai traduit presque littéralement
la belle pensée d'Horace dans sa quatrième ode :

« Pallida mors æquo pede pulsat, etc. »

Il en est de même des deux vers suivans :

« Et déjà sur l'Etna, le noir, l'ardent Vulcain
» Fait résonner le fer sur l'enclume d'airain. »

NOTES

SUR LA NAISSANCE D'UN TRAITRE A SA PATRIE.

Le songe fantastique sur la naissance d'un traître à sa patrie
n'est pas complet; c'est le résultat d'une improvisation faite
pendant un accès de fièvre cholérique intermittente, le morceau
tel que je l'avais improvisé avait à peu près deux cents vers;
mais il m'a été impossible de m'en rappeler d'autres, ayant
quelque liaison entr'eux , que ceux que je donne ici; j'ai cru
devoir ne pas chercher à achever cet espèce de songe fantastique qui n'est curieux que parce qu'il a été fait par un malade exalté par la fièvre. Le sujet du reste n'a jamais été traité,
et me semble extrêmement poétique; on a fait beaucoup de
vers sur la mort d'un traître; mais jamais, que je sache, on n'en
a fait sur sa naissance. .

TABLE DES MATIÈRES

CONTENUES

DANS CE RECUEIL.

———

ERRATA.

Page 60, au lieu de *curieux attentif;* lisez : *curieux, attentif.*

Page 75, au lieu de *criminelle adultère....* lisez : *criminelle...
adultère....*

Page 96, au lieu de *vient enivrer mes sens :* lisez : *vient enivrer
nos sens.*

Page 136, au lieu de *guet-à-pent* lisez : *guet-à-pens.*